U0540793

为传统经典注入新的时代内涵
为新时代提供传统的营养源泉

中 华 名 著 导 读

艺文修养

中华书局《月读》编辑部 编著

大有书局
DA YOU BOOK COMPANY (BEIJING)

图书在版编目(CIP)数据

艺文修养/中华书局《月读》编辑部编著.—北京：大有书局，2021.8
(中华名著导读)
ISBN 978-7-80772-040-9

Ⅰ.①艺… Ⅱ.①中… Ⅲ.①古典文学－研究－中国 Ⅳ.①I206.2

中国版本图书馆 CIP 数据核字(2021)第 159497 号

书　　名	艺文修养
	YIWEN XIUYANG
作　　者	中华书局《月读》编辑部　编著
丛 书 名	中华名著导读
项目统筹	刘韫劼
策　　划	叶敏娟
责任编辑	张媛媛
装帧设计	罗　洪
责任校对	许海利
责任印制	李　怡
出版发行	大有书局
	(北京市海淀区长春桥路 6 号　100089)
综 合 办	(010)68929273
发 行 部	(010)68922366
经　　销	新华书店
印　　刷	北京盛通印刷股份有限公司
版　　次	2021 年 8 月北京第 1 版
印　　次	2021 年 8 月北京第 1 次印刷
开　　本	140 毫米 ×203 毫米　1/32
印　　张	10.75
字　　数	166 千字
定　　价	46.00 元

本书如有印装问题，可联系调换，联系电话：(010)68929022

出版说明

大有书局是中共中央党校（国家行政学院）主管主办的一家中央级出版机构，为更好地融合传统文化与主题出版资源，我书局与中华书局合作，从其主办的《月读》杂志中精选一批历年来深受读者好评、以传统文化为核心内容的优秀作品，按照"人物故事"、"经典名篇"和"名著导读"三大类别编辑形成系列图书，希望其中包含着的修德立身精神、治国理政智慧有益于读者尤其是党政干部读者。

呈现给读者的系列图书，旨在古为今用，推陈出新。"人物故事"系列用时代精神讲述古圣先贤的生平、功绩、思想及贡献，希望能给读者提供现实借鉴；"经典名篇"系列汇集体现诸子文士思想精华的锦言妙文，有学习引用之便；"名著导读"系列以当下的视角解读中华传统经典名著,力图给读者以新解新知。

为满足读者的阅读需求,我们在整理过程中逐渐形成"突出经典,彰显从政智慧"的编选原则,在对大量原作进行归类整理、勘误校正的基础上,重点选择那些既与现实热点、大事大势结合紧密,同时又体现传统经典趣味性、知识性及思想性的文章。该系列图书力图做到小而美、精而雅,使传统经典常读常新,焕发新的阅读乐趣。

大有书局
2021 年 4 月

目录

一 《楚辞》：第一部浪漫主义诗歌总集　001

　　成书背景　002
　　主要作者和成书过程　005
　　《离骚》的精神内涵和艺术特色　013
　　经典诵读：《楚辞》选读　016

二 《文心雕龙》：中国第一部系统的文艺理论巨著　021

　　刘勰与《文心雕龙》　022
　　为什么要取名"文心雕龙"　025
　　刘勰为何要写这部书　028
　　传播史和现代价值　030
　　经典诵读：《文心雕龙》选读　033

三 《文选》：我国现存最早的一部诗文总集　037

编纂背景　038
文章之衡鉴，著作之渊薮　041
李善注和五臣注　043
文学价值和史学价值　045
经典诵读：《文选》选读　048

四 《词品》：中国历史上重要的词论专著　054

词学家杨慎　055
一部通代词学论著　058
对词学发展的贡献　059
经典诵读：《词品》选读　068

五 《齐民要术》：我国现存最早最完整的农学名著　072

贾思勰和《齐民要术》　073

我们该怎样读这部书　076
　　科学成就和进步思想　078
　　经典诵读:《齐民要术》选读　082

六　《酉阳杂俎》：唐代著名的志怪小说集　087

　　"东西南北之人"段成式　088
　　书名的含义　090
　　唐代生活的百科全书　092
　　现代价值　097
　　经典诵读:《酉阳杂俎》选读　101

七　《太平广记》：荟萃说部精英，小说家之渊海　104

　　编纂的政治目的　105

成书的文化因素　108
　　不得不说的特点　112
　　现代价值　114
　　　经典诵读：《太平广记》选读　118

八　《茶经》：世界现存最早的"茶叶百科全书"　122

　　陆羽为什么能够写成《茶经》　123
　　《茶经》是经吗　127
　　现代价值　130
　　　经典诵读：《茶经》选读　134

九　"三言"：中国古代短篇小说的宝库　136

　　冯梦龙和他的文学观　137
　　"三言"里的智慧　141
　　艺术特色及影响　144
　　　经典诵读："三言"选读　149

十 《闲情偶寄》：中国古代生活的百科全书　153

　李渔其人　154
　一部堪称文人生活艺术的"小百科"　156
　创作宗旨　162
　书中的创新、节俭、实用思想　165
　　经典诵读：《闲情偶寄》选读　169

十一 《菜根谭》《小窗幽记》《围炉夜话》：修身处世三大
　　　奇书　175

　《菜根谭》　176
　《小窗幽记》　181
　《围炉夜话》　185
　　经典诵读：《菜根谭》《小窗幽记》《围炉夜话》选读　190

十二 《夜航船》：一部包罗万象的小型百科全书　193

　　从浮华到苍凉：张岱的一生　194
　　著述、游历与交友　198
　　明清易代，晚景苍凉　200
　　关于《夜航船》的一段疑案　201
　　编纂目的和原则　204
　　不得不说的特点　207
　　经典诵读：《夜航船》选读　208

十三 《聊斋志异》：蒲松龄笔下的神鬼故事集　212

　　蒲松龄和《聊斋志异》　213
　　"聊斋"是蒲松龄的书斋吗　217
　　素材来源　219
　　现代价值　221
　　经典诵读：《聊斋志异》选读　225

十四 《儒林外史》：一部杰出的现实主义讽刺小说　229

　　吴敬梓和《儒林外史》的创作基础　230
　　反映的社会问题　233
　　吴敬梓的理想人格　238
　　讽刺艺术和影响　240
　　经典诵读：《儒林外史》选读　242

十五 《阅微草堂笔记》：纪晓岚笔下的狐鬼神怪　247

　　纪晓岚与《阅微草堂笔记》　248
　　写作动机　250
　　纪晓岚为何要批评《聊斋志异》　253
　　现代价值　255
　　经典诵读：《阅微草堂笔记》选读　258

十六 《古文辞类纂》:"二千年高文略具于此" 260

桐城派古文家姚鼐 261
分类原则 265
选文标准 268
姚鼐对《古文辞类纂》的圈点 271
经典诵读:《古文辞类纂》选读 275

十七 《唐诗三百首》:一部"风行海内"的唐诗选 280

蘅塘退士和《唐诗三百首》 281
编纂目的 284
"诗教"功能 286
经典诵读:《唐诗三百首》选读 294

十八 《浮生六记》:清代才子沈复的自传体随笔 296

冷摊上发现的奇书 297

破解这部书的几个谜团　299
这部书为什么能广受欢迎　302
书中的"真""善""美"　308
经典诵读：《浮生六记》选读　311

十九 《梦溪笔谈》：中国科学史上的里程碑之作　314

早年出仕，晚年著书　315
书名的由来　317
沈括个人素质与《梦溪笔谈》的编纂　319
中国科学史上的里程碑　321
经典诵读：《梦溪笔谈》选读　325

一 《楚辞》：
第一部浪漫主义诗歌总集

《诗经》和《楚辞》并称为"风骚",前者是中国第一部现实主义诗歌总集,后者则是中国第一部浪漫主义诗歌总集,它们是我国诗歌史上最具影响力的两座丰碑。

成书背景

"楚辞"一词最早见于司马迁的《史记·酷吏列传》:"始长史朱买臣,会稽人也。读《春秋》。庄助使人言买臣,买臣以楚辞与助俱幸,侍中,为太中大夫,用事。"《汉书·朱买臣传》也记载:"会邑子严助贵幸,荐买臣。召见,说《春秋》,言楚词,帝甚说之,拜买臣为中大夫,与严助俱侍中。"汉代皇帝为楚人,好楚声,所以朱买臣等文学侍从之臣以楚地文辞作品取悦皇帝,并得到了皇帝的青睐。

"楚辞"中的"楚",表明的是这类作品带有鲜明的地方色彩,正如黄伯思在《东观余论·校定楚辞序》中所说:"盖屈、宋诸骚,皆书楚语,作楚声,纪楚地,名楚物,故可谓之楚辞。"而"辞",则是先秦至汉代在很长一段时间里连篇属文之泛称。《荀子·正名》中说:

"辞也者，兼异实之名以论一意也。"王先谦注说："辞者，说事之言辞。兼异实之名，谓兼数异实之名，以成言辞。犹若'元年春，王正月，公即位'，兼说亡实之名，以论公即位之一意也。"这段话的意思是，辞是指组合能够表示不同名实的字而成文，以表达一个中心意思。此时的辞，是一个泛称，并没有形成一种文体，直到南朝梁萧统编《文选》时，才将辞单列一目，成为一种文体的。因此，"楚辞"最开始仅仅是指具有楚地特色的文学作品。像朱买臣向皇帝所言的楚辞，未必都是屈原等人的悲愁之词，其中很可能包括像汉大赋这样能够使君王愉悦的作品，否则，皇帝何以"甚说之"呢？

那么，我们今天看到的《楚辞》一书又是从何而来的呢？这就涉及对楚辞的搜集和整理工作了。

汉初，开始有了对楚辞的搜集。《汉书·地理志下》记载："始楚贤臣屈原被谗放流，作《离骚》诸赋以自伤悼。后有宋玉、唐勒之属慕而述之，皆以显名。汉兴，高祖王兄子濞于吴，招致天下之娱游子弟，枚乘、邹阳、严夫子之徒兴于文、景之际。而淮南王安亦都寿春，招宾客著书。而吴有严助、朱买臣，贵显汉朝，文辞并发，故世传《楚辞》。"这段文字透露出当时楚辞的两个搜集群体：一是吴王刘濞及其招纳的"娱游子弟"，二是淮南王刘安及门下士人。据《汉书·淮南衡山济北王传》记载："安入朝，献所作《内篇》，新出，上爱秘之。使为《离骚传》，旦受诏，日食时上。"淮南王刘安为此还受命创作《离骚传》。但《离骚传》的内容已基本失传，今人不知其详。

到了汉成帝时期，负责整理皇家典籍的刘向将屈原的作品，以及宋玉、贾谊、东方朔等人"承袭屈赋"之作，还有自己拟作的《九叹》结成一集，题名为《楚辞》。东汉的王逸为之作注，将自己拟作的《九思》也收录进去，从而形成了我们今天看到的《楚辞》文本的通行篇目。

随着《楚辞》一书的广泛流传，"楚辞"成为屈原、宋玉诸人作品的专称。因为《楚辞》中的灵魂作品是屈原的《离骚》，因此"楚辞"又被称为"骚"。在汉代，"楚辞"在文体上属于赋，所以又被称作"屈赋"。

从文化精神而言，《楚辞》最重要的价值在于它集中展现了以屈原为代表的一派，其涌动的热爱国家、关心人民疾苦的爱国精神，其九死不悔的执着精神、上下求索的探索精神、独立不迁的人格风范、众醉独醒的个体精神，无不让后人为之感叹和景仰。在中国历史上，无数仁人志士都以屈原精神来鞭策自己，以至于历代拟骚作品不断。从文学角度而言，《楚辞》是我国第一部浪漫主义诗歌总集，它开启了诗人独立创作的新纪元。梁启超曾说："吾以为凡为中国人者，须获有欣赏楚辞之能力，乃为不虚生此国。"《楚辞》中的文化意蕴及文学价值，使其具有永恒的生命力。

主要作者和成书过程

《楚辞》中的"灵魂"作者是屈原。

屈原是战国时期楚国政治家，他出身于楚宗室贵族，少年时受过良好的教育，博闻强识，志向远大。楚怀王时，屈原是楚国重要的官员，深得怀王的信任。当时，秦、楚均为大国，"横则秦帝，纵则楚王"，两国都有一统天下的雄心。屈原主张对内实行善政，对外联齐抗秦，以使楚国不断强大。然而，以怀王幼子子兰为首的保守贵族不同意屈原的主张，他们在怀王面前进谗言，屈原由此逐渐被楚怀王疏远。

后来，秦王让能言善辩的张仪以六百里土地为诱饵，骗怀王与盟国齐国绝交。怀王贪恋小利，与齐国绝交，却没有得到土地。怀王恼羞成怒，向秦国发动进攻，结果惨遭失败。此时，秦王诱骗怀王到武关赴约，忠诚正直的屈原力谏其不可，怀王一怒之下将其流放到汉北。结果，怀王被秦国扣留，三年后惨死。

新继位的国君顷襄王也好不到哪里去，他任用子兰为令尹，继续听信佞臣的话。国君为政软弱无能，朝政被一群小人把持，使楚国长期处于屈辱求和状态。而屈原又被流放至更远的江南，流落于沅、湘之间。顷襄王二十一年（前278），秦将白起攻破郢都，楚国败亡，屈原悲愤绝望，自沉于汨罗江而死。

《楚辞》中收录的屈原作品有《离骚》《九歌》《天问》《九章》《远游》《卜居》《渔父》等。

《离骚》是《楚辞》中最重要的作品，我们将在后文详细阐述。

《九歌》是屈原对楚地民间祀神的乐歌进行艺术加工而成的一组清新优美的抒情诗，包括《东皇太一》《云中君》《湘君》《湘夫人》《大司命》《少司命》《东君》《河伯》《山鬼》《国殇》《礼魂》十一篇作品。其所祀之神可以分为天、地、人三类，赞天神的如《东皇太一》《云中君》《东君》《大司命》《少司命》，赞地祇的如《湘君》《湘夫人》《河伯》《山鬼》，赞人鬼的如《国殇》。从主题来看，有对自然神的礼赞，有表达神与神、神与人相爱的恋歌，也有爱国英雄的颂歌。

《天问》是仅次于《离骚》的第二长篇，诗中一连提出一百七十多个问题，内容涉及天地生成、日月星辰运行、世间珍奇、远古神话、历史兴衰等，包罗万象，一气呵成。这些问题集中体现了屈原所处的时代人们对自然社会运行发展规律的探讨，具有强烈的怀疑和批判精神，同时表现出诗人对宇宙空间的哲学思索和对国家发展、人生命运的忧虑之情。

《九章》是屈原创作的九篇作品的合称，分别是《惜诵》《涉江》《哀郢》《抽思》《怀沙》《思美人》《惜往日》《橘颂》《悲回风》。它们是一组政治色彩浓重、感情充沛的抒情诗，除《橘颂》外，其余八篇一般被认为是屈原被疏远或在流放途中创作的，并非作于一时一地。这八篇作品都是由作者直接出面，诉说其不幸的遭遇，倾吐其愁苦之情，宣泄其家国之恨，都是因"发愤抒情"而作，具有强烈的抒情言志的特征。

《远游》《卜居》《渔父》也基本上是屈原围绕被放逐的经历、处境和苦闷心情而写的,诗人将对现世的失落、对理想的向往和对故乡的眷恋之情交织在一起,这种情感弥漫在字里行间,使作品呈现出既凝重又浪漫的风格。

屈原死后,他的爱国精神和不幸遭遇引起了一些文人的同情,他们模拟屈原的作品,形成了拟骚群体。

继屈原之后的宋玉,是战国时期著名的楚辞作家。宋玉的出身不算高贵,是楚王的"御用文人",擅长辞赋。《史记》中说他"好辞而以赋见称。然皆祖屈原之从容辞令,终莫敢直谏"。或许宋玉本性是个正直的人,却不像屈原那样敢于直言劝谏。有记载说宋玉也是因谗言去官,郁郁不得志。

《楚辞》中收入了宋玉的代表作《九辩》,它以衰败的楚国社会现实为背景,以悲秋为契机,以思君为主题,通过叙述作者自己的经历,感叹不平的遭遇,抒发郁闷的情志,进而表达对楚国社会状况的悲叹和对自己怀才不遇的惆怅,表现了诗人忠君忧国的情感和坚守节操的品格。此篇从句式上看与《离骚》相仿,却又灵活多变,它以秋之悲凉渲染国家将亡、士人哀愁的心理，这种手法在中国文学史上具有开创意义，起句"悲哉秋之为气也！萧瑟兮草木摇落而变衰"，奠定了全文的感情基调，故宋玉被后世奉为"悲秋之祖"。另有《招魂》一篇（一说为屈原作），王逸认为是"宋玉怜哀屈原，忠而斥弃，愁懑山泽，魂魄放佚，厥命将落。故作《招魂》，欲以复其精神，延其年寿，外陈四方之恶，内崇楚国之美，以讽谏怀王，冀其觉悟而还之也"。

到了汉代，贾谊、淮南小山、东方朔、严忌、王褒、刘向、王逸等人追思屈原，成为著名的拟骚作家。

贾谊是西汉初年著名政论家、文学家，世称贾生。他少有才名，十八岁时以博学多闻为人所称。文帝时任博士，迁太中大夫，因受大臣周勃、灌婴的排挤，被贬为长沙王太傅。三年后被召回长安，改任梁怀王太傅。梁怀王坠马而死，贾谊深感歉疚，抑郁而亡，年仅三十三岁。贾谊的一生和屈原很相似，史学家司马迁对他们寄予同情，并为二人写了一篇合传，即《史记》中的《屈原贾生列传》，后世因此将二人并称为"屈贾"。

《楚辞》中收录了贾谊的《惜誓》一文（一说作者存疑），全篇以大量的笔墨铺叙屈原被放逐而离别国都的悲愤，以及欲远游又牵念故乡的情怀，还有誓死远离浊世的意志，凸显了贾谊为屈原之死感到痛惜的心情，同时寄寓了自己被疏离而将远去的愤懑。全诗具有浓厚的道家思想，善用比兴手法抒发悲愤之情，与屈原作品的"引类譬喻"一脉相承。

淮南小山，其人不详，可能是淮南王刘安的门客。虽为门客，却没有显达的记载，想必也是位怀才而难以施展的人。《楚辞》中收录了其《招隐士》一文，招隐士即招募隐居贤才之意。淮南小山创作此篇，正适应淮南王刘安招贤纳士的需要。全篇反复陈说山中的艰苦险恶，劝告那些隐居的贤德之人快出山入仕。

东方朔是汉武帝时人。武帝即位，征召四方之士，东方朔自荐而入，给武帝上治国之策。但在皇帝眼里，东方朔却是"滑稽"人物，其满腹经纶和报国雄心难以实现。《楚辞》收录其作品《七谏》，由《初放》《沉江》《怨世》《怨思》《自悲》《哀命》《谬谏》七首短诗组成。所谓"谏者，正也，谓陈法度以谏正君也"。这七首诗既表现了屈原忠而被谤、信而见疑、无辜放逐、最终投江的悲剧一生，也表达了东方朔怀才不遇、愤世嫉俗的心境。

严忌，本姓庄，东汉时因避明帝刘庄的讳而改姓严。他以文才和善辩闻名于世，先为吴王刘濞的门客，后刘濞欲谋反，严忌劝谏无果，遂离开吴国，投奔梁孝王。因善辞赋而受器重，却未能在政治上有所作为。《楚辞》收录了其《哀时命》一文，王逸说："（严）忌哀屈原受性忠贞，不遭明君而遇暗世，斐然作辞，叹而述之，故曰《哀时命》也。"全文以"哀"为主线，充分展现了严忌的价值观和心路历程。

王褒因善辞赋而受汉宣帝的器重，但还未有所作为就因病去世了。《楚辞》收录了其作品《九怀》，由《匡机》《通路》《危俊》《昭世》《尊嘉》《蓄英》《思忠》《陶壅》《株昭》九篇诗歌组成，是一组代屈原立言、抒发情感的作品。王逸说："怀者，思也，言屈原虽见放逐，犹思念其君，忧国倾危而不能忘也。褒读屈原之文，嘉其温雅，藻采敷衍，执握金玉，委之污渎，遭世溷浊，莫之能识。追而愍之，故作《九怀》，以裨其词。"可见，怀即思念、追思之义，但从作者的行文来看，其中也有个人的自怀、自愍和自我抒情的成分。

刘向是楚元王刘交的四世孙，历经宣帝、元帝、成帝三朝。他曾奉命领校秘书，但仕途不顺，曾两次下狱。成帝时虽得进用，但屡次进谏均未被皇帝采纳。他编辑《楚辞》时，将自己的作品《九叹》也收录其中。《九叹》由《逢纷》《离世》《怨思》《远逝》《惜贤》《忧苦》《愍命》《思古》《远游》九个短篇组成，由于每篇都以"叹曰"作结，所以总题为《九叹》。王逸说刘向"追念屈原忠信之节，故作《九叹》。叹者，伤也，息也。言屈原放在山泽，犹伤念君，叹息无已，所谓赞贤以辅志，骋词以曜德者也"。所谓叹，就是叹息，表示感伤。作品主要以屈原的口吻叙述和感慨了其在政治上的遭遇，表达了刘向对屈原忠君爱国却遭贬殒身命运的悲愤。

王逸是东汉著名文学家，他官位不过侍中，宦海浮沉，颇多感慨。他为《楚辞》作注而成《楚辞章句》，同时又将自己所作的《九思》一篇收入其中。他曾说："逸与屈原同土共国，悼伤之情与凡有异。"《九思》是继王褒《九怀》、刘向《九叹》之后，又一代像屈原一样抒发忧愤之情的作品，由《逢尤》《怨上》《疾世》《悯上》《遭厄》《悼乱》《伤时》《哀岁》《守志》

九篇诗歌组成。

此外,《楚辞》中还收录《大招》一篇,其作者以及招谁之魂等问题,至今没有定论。全文皆为招魂辞,在内容上可分为两部分:一是极力渲染四方的种种凶险怪异;二是着意烘托楚国之美,又大力称颂楚国任人唯贤、政治清明、国势强盛,以诱使灵魂返回楚国。

《离骚》的精神内涵和艺术特色

《离骚》是屈原最著名的代表作。是我国古代最长的政治抒情诗。从汉代开始,《离骚》被尊称为"离骚经",而以《离骚》为代表的楚辞,则被称为"骚体"。正如宋代宋祁所说:"《离骚》为辞赋之祖,后人为之,如至方不能加矩,至圆不能过规。"因此,了解和读懂《离骚》是理解楚辞和屈原精神的一把钥匙。

《离骚》一诗可以分为三个部分。第一部分是诗人对往事的回顾,写了其家世出身、政治抱负、被君王疏远的痛苦和困惑,以及坚持理想的执着精神。第二部分以女媭之劝为远行的契机,写诗人先后经历重华之证、帝阍之拒、求女之败，作为人间的象征，勾勒出诗人不懈追求美政理想的艰辛足迹，以及理想破灭的残酷现实。第三部分表现了诗人在艰苦的环境中仍未完全放弃希望，他问卜灵氛，求疑巫咸，并听从二者的建议，决定远行，但在远游之时，对故国的强烈眷恋又使他不忍离开，从而展现了诗人内心的矛盾。

这首诗的叙事并不复杂，其中所蕴含的精神为后世所重。第一是一种震撼古今，让无数仁人志士为之动容、为之敬仰的爱国主义精神，这是与屈原的理想和抱负分不开的。无论处境如何，屈原思考的永远是国家的兴亡安危问题，"虽九死其犹未悔"。第二是不与世俗同流合污的品格。他说："宁溘死以流亡兮，余不忍为此态也。"意思是我宁可死，也不忍以中正之性，为淫邪之态。这种坚守信念、独立不迁的精神，为后人所赞叹。第三是不断修养内心高洁品性的进取精神。《离骚》中说屈原种植香草，佩戴香草，这里的香草指的是美德。屈原把修身当成一种习惯，说："民生各有所乐兮，余独好修以为常。"这与曾子"吾日三省吾身"有相通之处。第四是不畏艰险、百折不挠的求索精神。这集中体现在"路曼曼其修远兮，吾将上下而求索"这句话中。第五是锐意图强、期盼美政的改革精神。他提出"举贤而授能兮，循绳墨而不颇"，就是向楚王建议要不分地位高低来选拔贤能的人，为政既要守法，又要公正。应该说这是很有见地的主张，只可惜没有得到楚王的采纳。

就艺术手法而言，《离骚》是一篇洋溢着浪漫情调的作品，其想象力的丰富与诗人追求理想的激情熔为一炉，形成了风格瑰丽、气势雄伟的艺术风格。其中善用比喻与象征是此诗写作上的最大特点，"香草美人"的比兴手法，将深刻的政治内容借助具体生动的艺术形象表现出来，极富艺术感染力。后世诗人在表达自己高洁的情志时，常常运用这种手法。再者就是骚体的开创性运用。《离骚》没有使用四言诗体，而是使用了楚地长短不一的句式。这种句式中常带"兮"字，相当于语气词"啊"，将"兮"加入句子中，突出了诗人的内心感受，增强了诗篇的抒情性和感染力。

作为千古绝唱，《离骚》以其深刻的思想性和完美的艺术性矗立起了一座丰碑。它如同开坛的老酒，经久弥醇，直入胸怀。

经典诵读：《楚辞》选读

离骚（节选）

依前圣以节中兮，喟凭心而历兹。济沅湘以南征兮，就重华而陈词。启《九辩》与《九歌》兮，夏康娱以自纵。不顾难以图后兮，五子用失乎家巷。羿淫游以佚畋兮，又好射夫封狐。固乱流其鲜终兮，浞又贪夫厥家。浇身被服强圉兮，纵欲而不忍。日康娱以自忘兮，厥首用夫颠陨。夏桀之常违兮，乃遂焉而逢殃。后辛之菹醢兮，殷宗用而不长。汤禹俨而祗敬兮，周论道而莫差。举贤而授能兮，循绳墨而不颇。皇天无私阿兮，览民德焉错辅。夫维圣哲以茂行兮，苟得用此下土。瞻前而顾后兮，相观民之计极。夫孰非义而可用兮，孰非善而可服。阽余身而危死兮，览余初其犹未悔。不量凿而正枘兮，固前修以菹醢。曾歔欷余郁邑兮，哀朕时之不当。揽茹蕙以掩涕兮，沾余襟之浪浪。

跪敷衽以陈辞兮，耿吾既得此中正。驷玉虬以桀鹥兮，溘埃风余上征。朝发轫于苍梧兮，夕余至乎县圃。欲少留此灵琐兮，日忽忽其将暮。吾令羲和弭节兮，望崦嵫而勿迫。路曼曼其修远兮，吾将上下而求索。饮余马于咸池兮，总余辔乎扶桑。折若木以拂日兮，聊逍遥以相羊。前望舒使先驱兮，后飞廉使奔属。鸾皇为余先戒兮，雷师告余以未具。吾令凤鸟飞腾兮，继之以日夜。飘风屯其相离兮，帅云霓而来御。纷总总其离合兮，斑陆离其上下。吾令帝阍开关兮，倚阊阖而望予。时暧暧其将罢兮，结幽兰而延伫。世溷浊而不分兮，好蔽美而嫉妒。

依从先贤的价值标准进行评判啊，满怀感喟为何遭此厄运。渡过沅水、湘水向南进发啊，到帝舜跟前大声陈说。夏启创制《九歌》《九辩》啊，太康恣意寻欢以致放纵堕落。不顾念先王创业艰难并为后代打算啊，五位王公因此内讧相争。后羿过度沉溺于狩猎啊，又喜欢射杀大狐狸以取乐。本来恣肆妄行就没有好下场啊，寒浞夺权又占有了他的妻子。寒浞之子浇恃强尚武啊，放纵欲念不肯放弃糜烂的生活。每天沉浸于笙歌燕舞浑然忘我啊，他的头颅因此而掉落。夏桀所行与常情有违啊，最后遭受了灾祸。殷纣王帝辛发明将人剁成肉酱的酷刑啊，殷商因而不能国祚绵长。大禹庄穆而敬畏神灵啊，周文王、武王讲道义、施行仁政而没有差错。推举贤德、任用能臣啊，遵守法则而不偏颇。上苍不会偏袒谁啊，视民心向背加以辅佐。只有贤达睿智、德行充盛的人啊，才能拥有整个天下。回顾历史展望将来啊，考察人世治变的道理。谁不是因为忠义而被任用啊，谁不是因为纯良而成为楷模？我身陷危难几蹈死地啊，静观初心从未后悔。不度量凿孔而选用合适的榫头啊，这本是前贤被剁成肉酱的原因。我频频悲叹抑郁忧伤啊，哀惋自己生不逢时。拿起柔软的蕙草掩面痛哭啊，泪珠滚滚滑落打湿我的前襟。

衣襟铺开跪着慷慨陈词啊，我得到正道心中豁然通明。驾驭四条玉龙所拉的凤车啊，倏忽间我依托风云直上天空。早上从苍梧出发啊，傍晚到达县圃。我打算在神门前稍歇片刻啊，日头渐渐偏移入暮。我让羲和徐徐前行啊，看到崦嵫山暂且止步。前途漫长遥远无边啊，我将上天入地寻求出路。在咸池饮我的马啊，将马缰系于扶桑神木。攀折若木遮蔽日光啊，姑且逍遥徜徉自由自在。使月神望舒在前面开路啊，让风伯奔跑于后。早有鸾凤为我戒严道路啊，雷神却告诉我驾御未备。我命凤鸟腾翔于九天啊，夜以继日不得疏忽。暴风欲使队伍离散啊，统率着前来迎接的云雾。来势盛大忽散忽聚啊，上下翻转光彩夺目。我命天帝的看门人打开天门啊，他却倚靠在天门外视而不见。此刻光线暗淡日将西落啊，只得编结幽兰长久停驻。世道混乱良莠不分啊，喜欢掩蔽贤才妄加嫉妒。

九辩（节选）

悲哉，秋之为气也！萧瑟兮草木摇落而变衰。憭栗兮若在远行，登山临水兮送将归。泬寥兮天高而气清，寂寥兮收潦而水清。憯凄增欷兮，薄寒之中人，怆恍懭悢兮，去故而就新。坎廪兮贫士失职而志不平，廓落兮羁旅而无友生。惆怅兮而私自怜！燕翩翩其辞归兮，蝉寂漠而无声。雁廱廱而南游兮，鹍鸡啁哳而悲鸣。独申旦而不寐兮，哀蟋蟀之宵征。时亹亹而过中兮，蹇淹留而无成。

悲凉啊秋天！大地萧瑟啊，草木在凋零陨落而衰黄。心中凄凉啊，好像人在远行，又像登山临水送人踏上归程。空旷清朗啊，天宇高远空气清爽，平静清澈啊积水消退水流澄清。凄凉叹息啊，微寒袭人，恍惚惆怅啊，背井离乡前往新地。世道坎坷啊，贫士丢官心中不平，空虚孤独啊，流落在外没有亲朋。失意悲伤啊，自我怜悯。燕子翩翩辞北归南啊，寒蝉静寂没有声音。大雁鸣叫着向南飞翔啊，鹍鸡不住地啾啾悲鸣。独自通宵达旦难以入眠啊，蟋蟀的彻夜哀鸣勾起了我的悲伤。时光流逝已过了半生啊，仍然滞留在外而一事无成。

二 《文心雕龙》：中国第一部系统的文艺理论巨著

刘勰与《文心雕龙》

刘勰在中国文学理论批评史上是一位前无古人、后少来者的人物。可惜关于他的家世和生平,史籍中的记载简略,且语焉不详。后经范文澜、杨明照等专家学者的考察研究,刘勰的身世逐渐清晰,但也有存疑待考之处。

刘勰字彦和,祖籍东莞郡莒县(今山东莒县),世居京口(今江苏镇江),大约生于南朝宋明帝泰始元年(465),卒年歧说甚多。一说卒于南朝梁武帝中大通四年(532)前后。他的远祖可追溯到西汉的齐悼惠王刘肥,家族中的名士有刘宋的开国重臣刘穆之、司空刘秀之等;但他本人所在的这一支则比较弱,祖父刘灵真(刘秀之的弟弟)似无名位,父亲刘尚也是职级不高的武官——越骑校尉。

刘勰本人的经历,在《梁书·刘勰传》开头有一句简短的描述:"勰早孤,笃志好学。家贫,不婚娶。"刘勰少年时便丧父,孤儿寡母,相依为命。二十岁左右母亲也去世了,他孤寂无依,又因家贫而不婚娶。但刘勰自幼好学,从小即怀有美好的憧憬,追求树德建言、经世致用的人生价值，准备"穷则独善以垂文，达则奉时以骋绩"。就在为母守丧三年后，他进入了定林寺，"依沙门僧祐，与之居处积十余年"。之所以要进入佛门，一般认为是南朝时期佛教势力兴盛，刘勰想借助佛门优势，凭借自己良好的文化基础求得发展。

定林寺作为佛教名刹，高僧云集，藏书丰富。在这里，刘勰作为佛教大师僧祐的助手，整理校订经卷，并潜心攻读，遍览诸子百家之书，最终达到了"博通经论""长于佛理"的程度，进而"区别部类，录而序之"，完成了大丛书"佛教经论"的编定。该丛书后经佛教大师僧祐审阅，遂成为定林寺的传世经藏。这项巨大的宗教文化工程，表现了青年刘勰卓越的才识、学养和功力。

虽然深受佛家思想的浸润，但刘勰没有遁入空门，也没有改变他心中的儒家伦理观念。大约在编定佛教经藏之后不久，他便怀着"师乎圣""体乎经"的愿望，完成了中国第一部文学理论著作《文心雕龙》。现在看来，这部著作的学术品位是很高的，现实针对性也很强，可惜在当时没有受到重视。刘勰没有灰心，他乔装成卖书商贩，拦住官高位显又是文坛领袖的沈约的车驾，呈上书卷，申明原委。史书记载："（沈）约便命取读，大重之，谓为深得文理，常陈诸几案。"由此，《文心雕龙》始为世人所知，刘勰也借此有了离寺出仕的机会。

不久，刘勰即受命担任南朝梁的"奉朝请"，很快又成为中军将军、临川王萧宏的记室，掌文书；继而又兼任梁武帝长子、昭明太子萧统的东宫通事舍人，管章奏；再迁步兵校尉，执掌宫廷卫戍。按惯例，这种职位都是有家族声望的人担任，刘勰能够得到此职务，也说明了萧氏帝王对他的器重。身在王府衙署，刘勰力图"达于政事""匡世济民"，然而魏晋南北朝时期门阀等级毕竟森严，他即使有着渊博学养和深厚造诣，也未能在仕途上有持续发展，终没有实现自己的抱负。但刘勰出仕期间也没有割舍与佛家的不解之缘，《梁书·刘勰传》说他"为文长于佛理，京师寺塔及名僧碑志，必请勰制文"，曾有"文集行于世"。今虽已散失，但仍有《灭惑论》《梁建安王造剡山石城寺石像碑》等文散见于史传之中。

最终，刘勰离开了仕途，奉敕再入定林寺，协助沙门慧震撰经，并在这里出家，不久便去世了。刘勰在官场和宫廷奋斗求索了三十年，最后又回到了他青年时代长期生活过的定林寺，回到了他的精神导师僧祐的"根据地",这未必是刘勰心甘情愿的,但或许是他最好的归宿。

刘勰去世后,他的作品《文心雕龙》逐渐为后人所推重。该书共五十篇,用骈文写成,每篇篇末有"赞曰"作结。其中《序志》篇作为全书的总序,被放置在书末,是解读全书基本内容和理论体系的重要依据。其余四十九篇则可以分为"文之枢纽"(第一至第五篇)、"论文叙笔"(第六至第二十五篇)、"剖情析采"(第二十六至第四十九篇)三个部分。

为什么要取名"文心雕龙"

《文心雕龙·序志》开头说:"夫'文心'者,言为文之用心也。昔涓子《琴心》、王孙《巧心》,心哉美矣,故用之焉。古来文章,以雕缛成体,岂取驺奭之群言'雕龙'也?"一般认为,这段话不仅解释了《文心雕龙》一书的名称,而且界定了全书论述的对象范围。所谓"文心",就是"为文之用心"。为表示"心"有所本,刘勰还引用了涓子《琴心》和王孙《巧心》。涓子就是《史记·孟子荀卿列传》里提到的环渊,他是老子的弟子,《汉书·艺文志》著录其书十三篇,属于道家;《汉书·艺文志》又著录属于儒家的《王孙子》一篇,注明一曰《巧心》。二书均早已亡佚。之所以用"心"这个字,刘勰解释说因为觉得"心"这个字特别具有"美"感,所以移作书名。用"为文之心"来解释"文心",饶宗颐先生指出这句解释当本于陆机《文赋》:"余每观才士之所作,窃有以得其用心。"无论是刘勰所说的"为文之心"也好,还是陆机所说的"才士之所作"的"用心"也罢,其意义基本一致,均指的是与作者的主观意图密切相关的诸如文人作文的动机、构思,文章的内容、风格、体裁、美学趣味等。因此,"文心"两字实际上规定了《文心雕龙》一书的基本内容。另外,取"文心"二字还与刘勰的佛教思想有关,佛教典籍中关于"心"字说得很多,东晋高僧慧远在《阿毗昙心论》译本序言中写道:"《阿毗昙心》者,三藏之要颂,咏歌之微言,管统众经,领其宗会,故作者以'心'为名焉。"可知佛教以"心"为根本,"文心"就是文之根本,刘勰正是要从根本上来讨论"文"的问题。

再说"雕龙"。"雕龙"一典出自战国时期的阴阳家驺奭。司马迁《史记》记载：齐人颂曰："谈天衍，雕龙奭，炙毂过髡。"分别指当时齐国的三位思想家：驺衍、驺奭、淳于髡。此句下裴骃《史记集解》引刘向《别录》说："驺奭修衍之文，饰若雕镂龙纹，故曰'雕龙'。"由此可知，所谓"雕龙"是"雕镂龙纹"的省称，其含义有二：一是精雕细刻，比喻一个人做事精致绵密；二是富丽堂皇，形容一件作品富有文采，风格绮丽。结合刘勰前面所说的"古来文章，以雕缛成体"，以及《文心雕龙》本身以文采斐然的骈文写成，我们不难看出"雕龙"两字实际上规定了此书的形式。这里需要指出的是，"岂取"的"岂"字，如果翻译成"难道"，则前后文意思相抵触；应当如王利器先生所说，"岂"应训作"冀"。上文"以雕缛成体，岂取驺奭之群言'雕龙'也"这一句的大意是：大概是仿效雕饰语言如"雕镂龙纹"的驺奭吧。

总之，"文心"和"雕龙"两者结合，可谓"质文并茂""华实相扶"。这个书名既概括了该书的主要内容，又揭示了其形式上的特点，意思是以雕刻龙纹般的华丽文采和精致的结构去阐述有关文学理论的问题。

刘勰为何要写这部书

刘勰写作《文心雕龙》这部书的动机，还要从他曾经做的两个梦说起："予生七龄，乃梦彩云若锦，则攀而采之。齿在逾立，则尝夜梦，执丹漆之礼器，随仲尼而南行。旦而寤，乃怡然而喜。大哉圣人之难见也，乃小子之垂梦欤！自生人以来，未有如夫子者也。"前一个梦是说他在七岁时梦到天上布满如锦的彩云，欣喜之余，竟登上天去采摘起来。后一个梦是说他在三十岁而立之年，梦到捧着礼器，侍奉着孔子周游列国。奥地利心理学家弗洛伊德认为梦是"愿望的达成"，他在《梦的解析》中说：梦，它不是空穴来风，不是毫无意义的，不是荒谬的，也不是一部分意识昏睡，而只有少部分乍睡乍醒的产物。它完全是有意义的精神现象。实际上，是一种愿望的达成。刘勰的两个梦，正是他的两个愿望，反映了他写作《文心雕龙》的两个目的。

彩云若锦，锦即锦绣。在古代典籍里，"锦绣"可以代称文学，像司马相如说辞赋的创作是"合纂组以成文，列锦绣而为质"，王充《论衡·定贤篇》也说："文如锦绣，深如河汉。"所以《释名·释言语》曰："文者，会集众彩以成锦绣，会集众字以成辞义，如文绣然也。"《文心雕龙》便常用"锦"来形容文采。可见，前一个梦说明刘勰自幼便对文采、文学有一种期许，是他与生俱来的一种才性，表明了他"为文"的一种愿望。

　　第二个梦境则显示了刘勰对尊儒崇圣的向往。儒家有"三不朽"之说："太上有立德，其次有立功，其次有立言，虽久不废，此之谓三不朽。"刘勰写《文心雕龙》就是为了实现"君子处世，树德建言"的价值观，希望以一部《文心雕龙》留名于后世。他有句很有名的话："安有丈夫学文，而不达于政事哉。"意思是学文不能就只知道文，还要充分地参与政事、关注现实、建功立业。根据刘勰的自述，他力求通过阐发儒家经典来纠正当时文坛上追逐浮华新奇的不良风气，以求能够追随孔子，表现出儒家济世的理想。刘勰出身低微，而他生活的南朝又是一个靠恩荫和门第才能进阶官场的时代，所以对有才华、有抱负却不能通过从政来实现济世理想的刘勰来说，《文心雕龙》便寄托了他全部的树德理想。也就是说，刘勰的初衷是要对孔门四教之一的"文教"进行研究。所以，《文心雕龙》不仅是一部文学理论著作,更是一部儒家人文修养和文章写作的教科书。

此外,刘勰曾深入研读前人的论文之作,虽每有鉴借,也多有恳切的批评。他要"振叶以寻根,观澜而索源",弥补前人"各照隅隙,鲜观衢路","不述先哲之诰","无益后生之虑"的缺陷,全面、系统地解决文章写作中的各种问题。《文心雕龙》正是这样一部著作。

可见,刘勰的《文心雕龙》一书绝非单纯的"为论文而论文",而是他"摛文必在纬军国,负重必在任栋梁"的政治抱负在特定条件下真实而具体的反映。

传播史和现代价值

《文心雕龙》成书后,"未为时流所称",即使刘勰将这部书呈给了名重一时的沈约,也没有在社会上引起什么反响。反而是他的佛学名气很大,在齐梁学者眼中,如果刘勰能够称为一个"家"的话,那么他应该是一位佛学家。隋唐之时,人们开始重视刘勰和他的《文心雕龙》。如初唐四杰之一的卢照邻在《南阳公集序》中说:"近日刘勰《文心》,钟嵘《诗品》,异议蜂起,高谈不息。"其后引述者逐渐增多。但此时人们多将《文心雕龙》与文集、总集相类比,刘勰也从佛学家逐渐成为文学家。到了宋元之时,学者对《文心雕龙》的引用与品评更为普遍,其影响也更为广泛。特别是当时的类书大量采摭《文心雕龙》的内容,如《太平御览》中有四十余条,《玉海》中有近四十条。这些引用对《文心雕龙》的传播起到了促进作用,也使当时人们从多个角度认识和评价刘勰这个人。到了明清时期,《文心雕龙》研究进入兴盛期,既有对这部书的刻印、校勘、训诂,也有对它的注释、评点、研究,成果颇为丰厚。随着人们对《文心雕龙》认识的不断深入,刘勰的身份定位也越来越清晰。在明清学者眼里,刘勰已是一位文评家了。如今研究《文心雕龙》已成为专门之学——"龙学",相关文章层出不穷。我们今天赋予刘勰的身份是文学思想家或文学理论家。

还需指出的是,在日本宇多天皇宽平年间(889—897),藤原佐世辑录的《日本国见在书目录》中杂家部及别集部均著录有"《文心雕龙》十卷,刘勰撰",这说明最迟在九世纪后半叶(相当于唐朝末期),《文心雕龙》已传到日本,对日本的文学发展产生了重要影响。

作为一部文学理论名著,此书具有很大价值。

首先,正如著名文艺理论家周扬先生所说,《文心雕龙》"在古文论中占有首屈一指的地位,它是中国古文论中内容最丰富、最有系统、最早的一部著作,在中国没有其他的文论著作可以与之相比",同时,"这样的著作在世界上是很稀有的。《文心雕龙》是一个典型,古代的典型,也可以说是世界各国研究文学、美学理论最早的一个典型,它是世界水平的,是一部伟大的文艺、美学理论著作","它确是一部划时代的书,在文学理论范围内,它是百科全书式的"。作为一部最早的文学理论百科全书,此书为后世文学作品研究奠定了基础。

其次,《文心雕龙》强调了内容与形式之间的和谐。刘勰认为有好形式而无好内容,或有好内容而无好形式,都不是好的作品;好的作品必须是"衔文佩实""舒文载实",即内容与形式有机统一。可见,在刘勰眼中,形式美和内容美如同血肉般互相依存,体现了文学的中和之美。因此,刘勰提出在写作之前要有一番慎重的思考,根据自己的思想内容选择最适当的表现方式,驾驭好语言文字。而此书中的"论文叙笔"部分被誉为中华文章写作的宝典,有着重要的实用价值。

最后，无论在理论主张，还是在批评实践上，《文心雕龙》的立论非常讲求实证，这主要表现在三个方面：一是注重"阅时取证"，侧重从纵向的历史角度，考察各体文章发展源流，揭示其体制、风貌演变规律；二是善于"触类以推""举汇而求"，将理论概括建立在具体而丰富的史料基础之上，寓"论"于"众例"之中；三是在辩驳"前论"过程中，征"言"核"论"，理据兼备，推陈出新。讲求实证反映了刘勰对当时虚妄浮夸文风的批判，而论"文"贵"信"的求实精神，不仅对当今文学、史学研究有重要的借鉴意义，也是我们处事的准则。

经典诵读：《文心雕龙》选读

诸子者，入道见志之书。太上立德，其次立言。百姓之群居，苦纷杂而莫显；君子之处世，疾名德之不章。唯英才特达，则炳曜垂文，腾其姓氏，悬诸日月焉。昔风后、力牧、伊尹，咸其流也。篇述者，盖上古遗语，而战代所记者也。至鬻熊知道，而文王谘询，余文遗事，录为《鬻子》。子目肇始，莫先于兹。及伯阳

识礼,而仲尼访问,爰序《道德》,以冠百氏。然则鬻惟文友,李实孔师,圣贤并世,而经、子异流矣。(《文心雕龙·诸子》)

所谓诸子,是指阐述"道"的内涵以表达自己思想的著作。至高无上的是树立美德,其次则是著书立说。庶民百姓群居在一起,苦于在纷繁杂乱中不能显露自己;而仁人君子立身处世,也以自己的名声德行不能昭彰为恨。只有才华特别突出的人,才能有光彩显耀的文章传留后世,使名声飞扬,犹如高悬的太阳和月亮。古代的风后、力牧和伊尹,都是这样的人物。至于他们的著作,大抵是上古遗留下来的话语,而由战国时代的人记述成篇的。到了鬻熊得道,周文王向他请教,留传下来的文辞和事例,后人辑录为《鬻子》一书;子书名目的原始,没有比《鬻子》更早的了。及至老聃懂得了礼,孔子便去访问请教,老聃便叙写了《道德经》,成为百家专著之首。然而鬻熊是周文王的朋友,老聃实际上是孔子的老师,在圣人和贤人处于同一时代的时候,他们的著作就分流为经书和子书了。

夫经典沉深，载籍浩瀚，实群言之奥区，而才思之神皋也。扬、班以下，莫不取资，任力耕耨，纵意渔猎，操刀能割，必裂膏腴。是以将赡才力，务在博见，狐腋非一皮能温，鸡蹠必数千而饱矣。是以综学在博，取事贵约，校练务精，捃理须核，众美辐辏，表里发挥。刘劭《赵都赋》云："公子之客，叱劲楚令歃盟；管库隶臣，呵强秦使鼓缶。"用事如斯，可称理得而义要矣。故事得其要，虽小成绩，譬寸辖制轮，尺枢运关也。或微言美事，置于闲散，是缀金翠于足胫，靓粉黛于胸臆也。（《文心雕龙·事类》）

经典著作内容深厚，书籍的数量繁富无边，确实是各种言论的深奥宝库，表现才思的神奇园地。扬雄、班固以来的作者，无不在经典著作中吸取采用，充分利用儒家著作的精华。故而要丰富自己的才能智力，一定要博见多闻，只有一块狐狸腋下的皮毛不能使人温暖，鸡脚掌要吃几千只才能让人吃饱。因此综合学问需要识见广博，采取、引用事例则贵在简要，校核选择务必精当，摘取事理必须核实，各种优点都汇聚在一起，使学识和才能得到充分发挥。刘劭的《赵都赋》中说："公子的门客（指平原君的门客毛遂），叱责强大的楚国，迫使他们同意歃血结盟；管库房的小吏（指蔺相如），呼喝强秦的国王，迫使他敲击瓦器。"像这样的引用古事，可谓既切合事理又抓住事义之要了。所以引用事例如能抓住要害，事例虽微小也能取得成就，犹如小小的车辖能控制车轮，不大的门臼可以使大门转动。如果把精微的言辞和美妙的事例，用于无关紧要之处，那就像是把金玉珠宝挂在脚脖子上，把脂粉黛墨抹在胸上了。

三 《文选》：我国现存最早的一部诗文总集

魏晋南北朝时期，南朝梁昭明太子萧统主持编纂的《文选》，是我国现存最早的一部诗文总集。这部书对我国后世文学的发展繁荣产生了深远的影响。正如唐代学者李善在《上文选注表》中所说：《文选》成书以后，"后进英髦，咸资准的"，成了士人的必读之书。据说李白早年曾三次拟作《文选》中的诗文，杜甫更明确地告诫他的儿子要"熟精《文选》理"。到了宋代，还出现了"《文选》烂，秀才半"的谚语，可见其盛行的情况。时至今日，"《文选》学"与"红学"一样，成为少数以书命名的专门之学。

编纂背景

萧统（501—531）是南朝梁武帝萧衍的长子，天监元年（502）十一月，被立为太子，本是继承大统的不二人选。然而，天妒英才，萧统未及即位便英年早逝，谥号"昭明"，故后世称其为"昭明太子"，他主持编纂的《文选》，也称《昭明文选》。

《文选》的编纂，不是一件偶然的事情，它与魏晋南北朝时代的社会风气，以及萧统本人的学识素养有很大关系。

自建安以来,文学作品急剧增多的势头到晋、宋以后愈加明显,至齐梁间达到高潮。据统计,从东晋初年到萧梁天监四年(505)的不到两百年时间里,皇家藏书增加了七十六倍。这些图书典籍当然包括了各方面的著作,但其中占相当大比例的乃是文学作品。此时的中国文学在自我独立的进程中取得了重大进步,改变了其依附儒学的状况。文学作品数量众多,对它们进行品鉴别裁、芟繁剪芜,就成为广大阅读者的需要,选录优秀作品的文学总集便应运而生了。

据记载,我国最早的文学总集是西晋挚虞编撰的《文章流别集》,《隋书·经籍志》说:"总集者,以建安之后,辞赋转繁,众家之集,日以滋广。晋代挚虞苦览者之劳倦,于是采摘孔翠,芟剪繁芜,自诗赋下,各为条贯,合而编之,谓为《流别》。是后文集总钞,作者继轨,属辞之士,以为覃奥,而取则焉。"可惜,这部书没有流传到现在,我们无缘得览其面貌。但可以肯定的是,萧统编纂《文选》,与挚虞编撰《文章流别集》有一个共同的原因,就是作品日繁,览者劳倦,且萧统时代这一问题较之挚虞时代更加严重,编辑新的文学选本已经刻不容缓。

促成《文选》问世的另一个背景是，自建安以来学者对于文体分类的研究越来越深入。对于文体分类，曹丕在《典论·论文》中首先提出了所谓四科八目，讲得比较概括；到陆机《文赋》便分作十种，此前排在最末的诗赋被提到了前列，各体的规范讲得较为细致；挚虞更联系所选之文来畅论文体问题。《文选》在充分吸收前人成果的基础上，又有新的发展，它将"文"分为三十八个体类（有研究者认为是三十七类，也有的认为是三十九类，大体上是依据不同的版本所作的统计不同），意在为读者提供一部精品范本。可以说这是建安以来几代文论家想做已做而未能完全做好的事情，萧统率领其手下的学士们却做好了，对于这份成绩，《文选序》中特别进行了叙述。

当然，《文选》能够成功编就，还与萧统本人的成长环境和学识素养有关。萧统的父亲梁武帝萧衍对文学非常重视，他本人也是位作家，《梁书·武帝纪》称他"天情睿敏，下笔成章，千赋百诗，直疏便就，皆文质彬彬，超迈今古"。萧统在这样一个环境中成长，自然受到良好的文化教育，"五岁遍读五经，悉能讽诵"。为帮助萧统尽快成长，萧衍先后派许多学士充当他的师友，著名的有《宋书》的作者沈约、《文心雕龙》的作者刘勰、《南齐书》的作者萧子显等。这使得萧统自幼便对文学产生兴趣，并逐渐有了自己的研究和见地。加之作为皇太子，萧统有足够的条件充分利用皇家收藏的典籍，据说他的藏书近三万卷，而他身边的学士，还可以利用民间藏书。这是编辑一部高质量选集必不可少的条件。

文章之衡鉴，著作之渊薮

从目前的材料来看，《文选》的主编者是萧统，但他不是凭一己之力完成的，而是有手下的文人参与，在这些参与者中刘孝绰最为重要。刘孝绰可以说是萧统手下的首席文人，萧统特别让他为自己编定文集。此外，在萧统主持编纂《诗苑英华》时，许多具体工作都是由刘孝绰完成，以致《颜氏家训·文章篇》直接将该书系于刘孝绰名下。在《文选》的编纂过程中，刘孝绰也做了不少工作，所以弘法大师（遍照金刚）在《文镜秘府论》中有"梁昭明太子萧统与刘孝绰等撰集《文选》"的提法。可见，《文选》的编成，刘孝绰功不可没。

《文选》所收文章时代上起子夏(《文选》所署《毛诗序》的作者)、屈原,下迄梁代,唯不录生人。书中所收的作家,最晚的陆倕卒于普通七年(526),而萧统卒于中大通三年(531),所以《文选》的编成当在普通七年到中大通三年之间。编排的标准是"凡次文之体,各以汇聚。诗赋体既不一,又以类分。类分之中,各以时代相次"。从分类的实际情况来看,大致划分为赋、诗、杂文三大类,又分列赋、诗、骚、七、诏、册、表、教等三十八小类。赋、诗所占比重最大,又按内容把赋分为京都、郊祀、畋猎等十五门,把诗分为补亡、述德、讽谏等二十四门。这样的分类体现了萧统对古代文学发展,尤其是对文体分类及源流的理论观点,反映了文体辨析在当时已经进入了非常细致的阶段。

《文选》中的文章,以辞人才子的名篇为主,强调的是"以文为本"。因此,凡"姬公之籍,孔父之书","老庄之作,管孟之流","谋夫之话,辩士之端","记事之史,系年之书",即后来习称为经、史、子的著作一律不选。但是史传中的"赞论序述"部分则予以收录,因为"赞论之综辑辞采,序述之错比文华,事出于沉思,义归乎翰藻",合乎"能文"的选录标准。也就是说,《文选》的选录标准并非是以文章的立意为宗,而在于讲究辞藻华美、声律和谐以及对偶、用事切当这样的艺术形式。这种标准,实际是为古代文学划定了范畴,是文学发展到一定阶段的结果,对文学的独立发展有促进作用。

李善注和五臣注

《文选》本身所具有的优点,使得隋唐以来的文人学士对这部书十分重视。特别是隋唐科举以诗赋取士,隋唐文学又和六朝文学有着密切的继承关系,因而《文选》就成为当时人们学习诗赋的一种最适当的范本,甚至与经传并列。在《文选》编成后不久的隋代,就有萧统的族子萧该为《文选》作音注。到了唐初,在当时的扬州有曹宪传授《文选》,聚徒教授,诸生数百人,并作《文选音义》十卷,"文选学"之名由此而起。在曹宪的学生中,有一位出类拔萃者,就是李善,他为《文选》作注,受到后世的推崇,影响很大。

李善知识渊博,号称"书簏",他可以说是用毕生精力来注《文选》的。显庆三年(658),李善将修改完善后的《文选注》上呈给唐高宗李治,此后他又多次修改其注。李济翁的《资暇集》就记载："李氏《文选》有初注成者，覆注者，三注四注者。当时旋被传写。其绝笔之本，皆释言训义，注解甚多，余家幸而有焉。尝将数本并校，不唯注之赡略有异，至于科段，互相不同。无似余家之本该备也。"足见其用力之勤、用心之精。

　　李善的注释主要为征引式，即为文章中的典故、成语寻找最早的出处。如果在文章作者之后、李善之前已有人在相关著作中提过某词的来源或用法，李善就引用他们的说法。如果某篇文章前人已有较好的注释，李善即全录其注，如《二京赋》取薛综注，屈原的作品用王逸注等。当然，对于前人的注，李善也作了补充修订，并加"善曰"以示区别。这体现了他作为一个学者严谨的治学态度。据统计，李善注《文选》引书近一千七百种。应该指出，李善的注往往采取征引有关原文的方式进行，这与先前古籍注释中常用的直接解释词语、串讲或翻译难懂的句子以及在注释中进行琐细论辨等方式有着明显的区别。征引书证的好处在于原原本本，信而有据，使读者一下子便能明白作者的遣词造句"祖述"了前代何人的什么词句，并在前后文本的对照中了解词义和句意，细心的读者还可以发现前后的异同，从而更深刻地体会和欣赏眼前的文本。当然，征引式的注法也有其自身的弱点，那就是要求读者具有一定的文学功底，否则难以读懂，因此不适合初学者阅读。

到了唐玄宗开元年间，工部尚书吕延祚召集吕延济、刘良、张铣、吕向、李周翰五人为《文选》作注，当时称为《集注文选》，后通称《文选》五臣注。五臣注《文选》的初衷就是因不满于李善那种征引式的注释方式，认为他引证虽详，但无助于让读者明白文章的"述作之由"及创作旨趣。所以他们要撇开烦琐的引证，直截了当地去诠释作者的用意，至于为难字注音、为词语作注，也都简明扼要、切于实用。从这一点上看，五臣注确实较李善注更有益于一般读者。此外，五臣注还对李善注的一些错误和解释不清之处进行了订正和补充。因此，后人便将李善注和五臣注合刻在一起，称为《六臣注文选》。这无疑表明李善注和五臣注各有千秋，形成了一种互补关系。

文学价值和史学价值

《文选》作为一部诗文总集，具有很高的文学价值。

首先,这部书保存了丰富的文学资料。根据《汉书·艺文志》和《隋书·经籍志》的著录,先秦两汉魏晋南北朝的文学作品散佚很多,而《文选》保存了丰富的诗文资料,有些作品就是因为被《文选》选入才得以保存下来。这使得《文选》成为我们今天研究汉魏六朝文学必须参考的文学典籍。

其次,这部书选录了众多的诗文佳作和名篇。举例来说,辞赋方面,汉赋今存者不多,在不多的汉赋中,其精华已为《文选》所选录,像班固的《两都赋》、张衡的《二京赋》,这都是写京都大赋的代表作;司马相如的《子虚赋》《上林赋》,为汉赋创立模式,为后世模拟之准的;扬雄的《甘泉赋》《羽猎赋》《长杨赋》,均为他的名作;等等。诗歌方面,两汉诗歌,《文选》选录三十六首,其中《古诗十九首》最为著名。而建安时期的"三曹",《文选》选录了曹操的《乐府》二首(《短歌行》《苦寒行》),曹丕的《芙蓉池作》《乐府》二首(《燕歌行》《善哉行》)、《杂诗》二首,曹植的《送应氏诗》二首、《七哀诗》、《赠白马王彪》、《美女篇》、《白马篇》、《名都篇》、《杂诗》六首等,均为佳作。文章方面,像孔融的《荐祢衡表》《与曹公论盛孝章书》、陈琳的《为袁绍檄豫州》、诸葛亮的《出师表》、嵇康的《与山巨源绝交书》等名篇，也均被选入。正如我国著名文学家、史学家范文澜先生所说："《文选》取文，上起周代，下迄梁朝。七八百年间各种重要文体和它们的变化，大致具备，固然好的文章未必全得入选，但入选的文章却都经过严格的衡量，可以说，萧统以前，文章的英华，基本上总结在《文选》一书里。"

再次，这部书体现了从先秦到南朝梁代的文学发展轨迹。先秦时期，文学界限不明，限于体例，《文选》主要选入了《楚辞》若干篇。汉代辞赋、散文和五言古诗，《文选》选录了它们的代表作品。魏晋南北朝时期，有五言诗、骈文，《文选》选录了其中许多佳作和名篇。

最后，《文选》还具有一定的史学价值。李善的《文选注》就保存了不少已佚古籍的片段，兼有诸多古人的注释，这是史学中辑佚、校勘的重要资料。更为重要的是，《文选》保留了很多原始史料。这里以干宝的《晋纪总论》为例。《晋纪》久已佚失，但唐修《晋书》及司马光修《资治通鉴》时都引用了干宝的《晋纪总论》，这充分说明了史学家对《晋纪总论》的重视。可惜的是，《晋书》及《资治通鉴》并没有完全忠实于原文，而是进行了不同程度的删节。根据研究，被删节的文字并非琐言赘语，反而可以反映时代的背景和人物的性格。也就是说，正是《文选》收入了《晋纪总论》，才使得我们得见这篇文章的原貌，这对研究晋代历史是有重要意义的。

经典诵读：《文选》选读

鹏鸟赋（并序）

谊为长沙王傅三年，有鹏飞入谊舍，止于坐隅。鹏似鸮，不祥鸟也。谊即以谪居长沙，长沙卑湿，谊自伤悼，以为寿不得长，乃为赋以自广也。其辞曰：

单阏之岁兮，四月孟夏。庚子日斜兮，鹏集予舍。止于坐隅兮，貌甚闲暇。异物来萃兮，私怪其故。发书占之兮，谶言其度。曰：野鸟入室兮，主人将去。请问于鹏兮，予去何之？吉乎告我，凶言其灾。淹速之度兮，语予其期。鹏乃叹息，举首奋翼，口不能言，请对以臆：

万物变化兮，固无休息。斡流而迁兮，或推而还。形气转续兮，变化而嬗。沕穆无穷兮，胡可胜言！祸兮福所依，福兮祸所伏。忧喜聚门兮，吉凶同域。彼吴强大兮，夫差以败；越栖会稽兮，勾践霸世。斯游遂成兮，卒被五刑；傅说胥靡兮，乃相武丁。夫祸之与福兮，何异纠纆？命不可说兮，孰知其极？水激则旱兮，矢激则远；万物回薄兮，振荡相转。云蒸雨降兮，纠错相纷。大钧播物兮，坱圠无垠。天不可预虑兮，道不可预谋。迟速有命兮，焉识其时？

且夫天地为炉兮，造化为工；阴阳为炭兮，万物为铜。合散消息兮，安有常则？千变万化兮，未始有极。忽然为人兮，何足控抟？化为异物兮，又何足患？小智自私兮，贱彼贵我。达人大观兮，物无不可。贪夫殉财兮，烈士殉名。夸者死权兮，品庶每生。怵迫之徒兮，或趋西东。大人不曲兮，意变齐同。愚士系俗兮，窘若囚拘。至人遗物兮，独与道俱。众人惑惑兮，好恶积亿。真人恬漠兮，独与道息。释智遗形兮，超然自丧。寥廓忽荒兮，与道翱翔。乘流则逝兮，得坻则止。纵躯委命兮，不私与己。其生兮若浮，其死兮若休。澹乎若深渊之静，泛乎若不系之舟。不以生故自宝兮，养空而浮。德人无累，知命不忧。细故蒂芥，何足以疑！

贾谊做长沙王的太傅，第三年，有鵩鸟飞进贾谊的屋里，落在他的座席角上。鵩鸟像猫头鹰，是不祥之鸟。贾谊被贬，居于长沙。长沙是低洼潮湿之地，贾谊暗自悲伤，以为寿命不能长久，于是作《鵩鸟赋》，自我宽解。全文如下：

丁卯年初夏，四月初一的傍晚，有一只鵩鸟飞到我的屋里。它落在我座席的一角，神态自在逍遥。怪物进宅，我惊诧它来得蹊跷。翻开谶书占卜，揣度谶言，是说："野鸟入于室，主人将离去。"请问鵩鸟，我将去哪里？有吉事告诉我，有灾难也要说。早死还是晚死，告诉我它的日期。于是鵩鸟点头叹息，忽然昂头抖动双翅，它不会讲话，就用表情向我示意：

万物生死转化，从来就没有终止。运转变化，循环推移，死转为生，生转为死，周而复始。如蝉蜕皮，微妙无穷，怎可言之？祸与福对立统一，福与祸不可分离。忧和喜聚于一家，吉和凶同一领域。吴国虽然开始强大，然而夫差一败涂地；勾践惨败困于会稽，卧薪尝胆又重新称霸于世。李斯游说成功，做了秦相，但最后命运可悲，受到五刑的惩处；傅说原来是个囚徒，可后来做了武丁的宰相，出人头地。祸与福的关系，就像几股绳拧在一起。天命无法解释，谁能知道它的终极？水受阻力流势更猛，箭借弹力飞向远去。万物相激，彼此转化，祸福关系也是如此。正如云雨互相转化，错杂纠缠，不可分离。大自然化育万物，无穷无尽，天道变化无法预知。死生有命，谁知何时？

天地好比熔炉，自然之力好比能工；阴阳好比炭火，万物好比青铜。铸造万物，哪有常型？千变万化，没有止境。偶然转化为人何必自喜，忽然死去又何必忧虑？心胸狭隘的人，自私自利，轻贱别人，看重自己。通达知命的人，目光远大，知道万物都有它存在的道理。贪财的人宁为财死，重义的人舍生取义。慕虚荣的人死守权势，普通百姓贪生怕死。诱于名利迫于贫贱的人，四处奔走避害趋利。德行高尚的人不为利欲所屈，意念与变化和谐统一。迂腐的人受世俗之见束缚，谨小慎微过于拘泥。思想境界高的人不被外物所累，唯独和道不分离。庸人自扰头脑不清，胸中装满嗜欲。得道养性之人清静无为，因为只有道在他心里。停止思考，抛开形体，超然物外，忘掉自己。空廓无依，与道同游，如木浮水，随流行止。躯体听从命运支配，它不属于自己。活着如同浮游，死了就像休息。安稳就像深渊那么平静，漂流就像没有缆绳的轻舟。不为活着而自贵，涵养本性任去留。有德之人不受外物左右，穷达有命不自忧。生死祸福区区小事，何必为它忧愁？

古诗十九首（之一）

行行重行行，与君生别离。
相去万余里，各在天一涯。
道路阻且长，会面安可知？
胡马依北风，越鸟巢南枝。
相去日已远，衣带日已缓。
浮云蔽白日，游子不顾反。
思君令人老，岁月忽已晚。
弃捐勿复道，努力加餐饭。

走啊走啊走，一直在不停地走，就这样与你分离。

从此你我之间相隔千万里，我在天这头你就在天那头。

路途艰险又遥远非常，哪里知道什么时候才能见面？

北方的马依恋北风，南方的鸟巢于向南的树枝。

彼此分离的时间越长越久，衣服越发宽大，人越发消瘦。

飘荡荡的游云遮住了太阳，他乡的游子不想再次回还。

思念你以至于身心憔悴，又是一年你还未归来。

这些都丢开不必再说，只愿你多保重切莫受饥寒。

四 《词品》：中国历史上重要的词论专著

南朝梁钟嵘的《诗品》是我国第一部诗歌理论批评专著，它与同时代的《文心雕龙》堪称"双璧"。这部书以汉魏六朝的五言诗为评论对象，较为系统而又深入地评价了五言诗的作家和作品，其中体现出的诗学史观、诗歌发生论、诗歌美学和批评方法论等都对后世产生了较大影响。

我们常言诗词，既然《诗品》是对诗歌理论的总结和评析，那么有没有专门评论词的专著呢？当然有，它就是明代杨慎的《词品》。

词学家杨慎

提到杨慎，我们可能不是很熟悉，但我们对《三国演义》的开篇词"滚滚长江东逝水，浪花淘尽英雄。是非成败转头空。青山依旧在，几度夕阳红……"却很熟悉。这首《临江仙》正出自杨慎之手。

杨慎（1488—1559），字用修，号升庵，新都（今属四川）人。他生活于明代中期，父亲杨廷和是成化十四年（1478）进士，历仕宪宗、孝宗、武宗、世宗四朝，官至内阁首辅，为一代重臣。杨慎自幼生活在仕途显达、文化氛围浓厚的家庭里，十一岁便能作诗，十二岁拟作《吊古战场文》《过秦论》，人皆惊为异才。大学士李东阳甚至让其"受业门下"。杨慎的妻子也习诗通史，擅长词曲，很有才情。

正德二年（1507），杨慎科举乡试第一；正德六年殿试拔得头筹，获得状元，授翰林院修撰，参与编修《武宗实录》。其秉性刚直，事必直书。在武宗微服出居庸关时，杨慎上书劝谏，体现了一位忠臣的职守。明世宗继位后，杨慎任翰林院修撰兼经筵讲官。嘉靖三年（1524）廷臣"议大礼"，杨慎等三十六人上言直谏，因而触怒世宗，被杖责罢官，谪戍云南永昌卫。杨慎居滇三十余年，曾率家奴助平寻甸安铨、武定凤朝文的叛乱。其间，他还往来旧朋，结交新学，教授生徒，寻幽探胜，一时传为佳话。比如，他与旧友张含、李元阳、王廷表、简绍芳、张佳胤等谈论诗作，鉴赏文字；与新朋董难、叶瑞、叶泰、章懋等悠游山水，诗酒唱和。这种交游与学术活动，促进了民族间的文化交流，也为云南地区文化的繁荣做出贡献。嘉靖三十八年（1559），一代才子杨慎卒于永昌卫，享年七十二。隆庆初，追赠光禄少卿。天启中，追谥文宪。

　　杨慎一生以博学著称于世,他是明代三才子之一(另两位是解缙和徐渭),而且是三才子之首,可见其文学造诣之深。明代文学家王世贞在《艺苑卮言》卷六中说"明兴,称博学饶著述者,盖无如用修"。《明史·杨慎传》称"明世记诵之博,著作之富,推慎为第一。诗文外,杂著至一百余种,并行于世"。其诗文作品主要见于《升庵集》八十一卷和《遗集》二十六卷。存诗两千三百余首,其诗雄浑蕴藉,绮丽雅致,沈德潜《明诗别裁集》评价说:"升庵以高明伉爽之才,宏博绝丽之学,随题赋形,一空依傍,于李(梦阳)、何(景明)诸子外,拔戟自成一队。"著述则涉及经学、哲学、史学、考古学、音韵学、文献学、文学等多个领域。其词学著作也十分丰富,词集有《升庵长短句》三卷、《升庵长短句续集》三卷,词选有《词林万选》《百琲明珠》《填词选格》等,评点过《草堂诗余》,有词论专著《词品》六卷,对后世产生了重要影响。杨慎的词学创作及词学理论均对中国词学的发展有重要意义,他也成为集作词、论词、选词、评词于一身的著名词学家,甚至有"词家功臣"之誉。

一部通代词学论著

《词品》为一部通代词学论著,论析范围从六朝讫于明代。这部著作撰写于杨慎被贬云南期间,一般认为成书于嘉靖三十年(1551)仲春,首次刊行于嘉靖三十三年(1554)。

今天所见的《词品》共六卷,拾遗一卷,"拾遗"卷后附有陈秋帆据函海本所补四则。六卷基本按照时代顺序布局:卷一多记六朝乐府曲词,考证词调来源,论述词调与内容的关系,六朝乐府与词体的用韵等。卷二以记述唐五代词人词作及闺阁、方外之作及故实为主,并解释考证词中出现的生僻字词。卷三至卷六记述两宋、元代及明代词人词作及故实。拾遗一卷多记歌伎、侍妾等女性之词作及故实。《词品》除了摘录、引述他人的词话外,共评论唐五代、宋、元词人八十余人,涉及词的源起、词体特性、词人故实、词作品鉴、风格兴寄、韵律字词等众多内容,在词学史上具有较高的文献与理论价值。李调元《雨村词话序》评价此书说:"吾蜀升庵《词品》,最为允当,胜弇州之英雄欺人十倍。"吴衡照《莲子居词话》也对此书给予了很高评价:"论列诗余,颇具知人论世之概，不独引据博洽而已。其引据处，亦足正俗本之误。……其他辨订，渊该综核，终非陈耀文、胡应麟辈所可仰而攻也。"

说到书名，我们知道，南朝梁钟嵘《诗品》的"品"字，主要是"定品第"之义，因为作者对每位作家都定了品第，继而以上、中、下三品品诗。唐代司空图撰有《二十四诗品》，把诗歌分为二十四种不同的风格。综观杨慎《词品》一书的内容，作者似乎没有为词的高下进行分品的意思，书名中的"品"字，更多的还是品评之意，还有揭示词品与人品关系的用意。杨慎通过对历代词人词作的品评，发表了自己对词体诸多方面的看法。

对词学发展的贡献

《词品》全书有选有评，评述结合，比勘错脱，具有较高的词学价值。书中所涉及的理论较多，而且颇多精辟言论，足以启发后人。

第一，倡导"词源于六朝"，对词的缘起进行了研究。在中国词学史上，关于词的起源问题有不少探讨，也产生了几种不同的认识和看法，如源于《诗经》说，源于乐府说等。而杨慎在《词品序》中开门见山地说："诗词同工而异曲，共源而分派。在六朝，若陶弘景之《寒夜怨》，梁武帝之《江南弄》，陆琼之《饮酒乐》，隋炀帝之《望江南》，填词之体已具矣。"意在指出词源于六朝时期。其实，南宋朱弁在《曲洧旧闻》中已经提及："词起于唐人，而六代已滥觞矣。梁武帝有《江南弄》，陈后主有《玉树后庭花》，隋炀帝有《夜饮朝眠曲》。岂独五代之主，蜀之王衍、孟昶，南唐之李璟、李煜，吴越之钱俶，以工小词为能文哉。"但是，朱弁只是说了自己的结论，却没有用事实加以考证。真正能结合六朝文学事迹而做细致考究的人，非杨慎莫属。

我们看杨慎所列六朝诸篇，其实都是诗，它们与后世真正意义上的由乐定词、依曲定体的词体尚有很大差异。不过，这些诗在句式、结构、韵律和格调等方面已经与词有相似之处。比如，陶弘景的《寒夜怨》："夜云生。夜鸿惊。凄切嘹唳伤夜情。空山霜满高烟平。铅华沈照帐孤明。寒月乐府作日。微。寒风紧。愁心绝。愁泪尽。情人不胜怨。思来谁能忍。"这首诗抒发了闺阁相思之情，属于杂言体诗。但它用的是长短句，句式参差错落，从形式上看的确与词有一定的相似之处。另外，这首诗情致柔婉，与后世的词特别是婉约词具有相似的情趣、格调和气韵。

为了证明自己的观点，杨慎在《词品》的卷一、卷二中选录了大量六朝及唐五代人的作品，较为细致地考察了这些作品与后世词体的关联。其中，多数内容又属于词与六朝文学关系的范畴。杨慎不仅认为词之源在六朝，而且提出"大率六朝人诗，风华情致，若作长短句，即是词也。……予论填词必溯六朝，亦昔人穷探黄河源之意也"。

杨慎从词调缘起、句式变化、故实纪传、诗词关系、韵律形式、字源词典、风华情致等方面详加考叙，对词的历史与发展进行了总结，这对于提高词的地位、促进词的发展具有积极意义，也使我们对词的演进脉络有了一个新的认识和理解。近代王国维《戏曲考源》也讲："诗余之兴，齐梁小乐府先之。"

第二，考释词调，解读词体的演进过程。词调（或称词牌）是符合某一曲调的歌词形式，是词有别于诗的最重要的形式特征。每一个词调都有其特定的内涵和体式要求，如调名、分阕、句式、韵律等。《词品》对词调的来源、表现形式和内容等进行了大量考释，对后世产生了较大影响。

比如关于词调的来源，杨慎认为多来自古人诗句以及魏晋唐人的史志、笔记、小说甚至佛典等。《词品》卷一中专有《词名多取诗句》这个标题，其中说："《蝶恋花》则取梁元帝'翻阶蛱蝶恋花情'。《满庭芳》则取吴融'满庭芳草易黄昏'。《点绛唇》则取江淹'白雪凝琼貌，明珠点绛唇'。《鹧鸪天》则取郑嵎'春游鸡鹿塞，家在鹧鸪天'。《惜余春》则取太白赋语（按：李白《惜余春赋》有'爱芳草兮如剪，惜余春之将阑'）。《浣溪沙》则取少陵诗意（按：杜甫《院中晚晴怀西郭茅舍》有'浣花溪里花饶笑，肯信吾兼吏隐名'）。《青玉案》则取《四愁诗》语（按：东汉张衡《四愁诗》中'四思'曰：我所思兮在雁门，欲往从之雪雰雰，侧身北望涕沾巾。美人赠我锦绣段，何以报之青玉案。路远莫致倚增叹，何为怀忧心烦惋）。《菩萨蛮》，西域妇髻也。《苏幕遮》，西域妇帽也……"

我们读词的时候，会有一个好奇心，就是词牌的名称是如何定下来的，或者出处在哪儿。《词品》中的这一则可称为"词牌名小百科",把主要词牌的来源出处一一列出,使我们的疑惑顿时消解。

词牌名称之外,《词品》对于词调与内容的关系也多有推衍和揭示。杨慎认为唐代词调多与词作的内容相一致。如李后主《捣练子》"即咏捣练,乃唐词本体也",王晋卿《人月圆》"即咏元宵,犹是唐人之意","《临江仙》则言水仙,《女冠子》则述道情,《河渎神》则咏祠庙"。不过,词调的来源和产生又是比较复杂的,并不是每一个词调和所咏内容之间都存在必然的关联。因此,杨慎又论析了"借腔别咏"的问题。如《干荷叶》本该咏荷,但刘秉忠却用此调写出吊宋之作,杨慎认为"此借腔别咏,后世词例也"。杨慎的考论符合词体创作的演进过程,对于探讨词体的承续与发展轨迹具有积极意义。

第三,尊情抑理,推崇词的本质特征。杨慎所处的时代,正是理学统治文坛,复古之风大盛的时代,而他却能独立于这些思潮之外,不受其影响,在《词品》中旗帜鲜明地赞美人之"情",确实难能可贵。

词是一种长于抒情的文学样式,因此宋明理学兴起之后,词总是受到理学家的贬斥。因为在他们看来,

"情"也就是欲，这与他们所尊崇的"天理"不相容。他们宣扬"情之溺人也甚于水"，认为"情"有害，必须根除。理学家这种把"情"简单等同于欲，而要求禁绝的主张严重违背了文学发展的规律。古人说"情动于中而形于言""诗缘情而绮靡"，这些都是不刊之论，没有感情的文学作品必然是苍白的，没有魅力的。

明代中后期，社会文化思潮开始对理学反拨，文人们也开始不遗余力地倡导尊情论。明代戏曲理论家沈际飞就提出："情生文，文生情，何文非情？"认为"情"是文学的第一要素。杨慎生活的时代比他们要早，当时尊情论在文坛还未成气候，因此，《词品》对"情"的礼赞可说是明代较早出现的尊情论，虽然不及晚明诸论令人有石破天惊之感，却是独具只眼，识见不凡，因而屡被后世论词者所称引。

《词品》卷三"韩范二公词"条引用了韩琦的《点绛唇》和范仲淹的《御街行》两首词，并就词中的"情致"进行发挥："二公一时熏德重望，而词亦情致如此。大抵人自情中生，焉能无情，但不过甚而已。宋儒云：'禅家有为绝欲之说者，欲之所以益炽也。道家有为忘情之说者，情之所以益荡也。圣贤但云寡欲养心，约情合中而已。'予友朱良矩尝云：'天之风月，地之花柳，与人之歌舞，无此不成三才。'虽戏语亦有理也。"清人王弈清编《历代词话》以及冯金伯所辑《词苑萃编》都收录此条，仅略有删节而已。可见人们对于杨慎词学观点的认同。

第四，既强调词人的品行，又重视词人的学识。词一般具有很强的娱乐性，因此被人视为"小道"。杨慎则认为，作词者既需要高尚的品行，也要有深厚的学识素养。

《词品》卷二"曹元宠梅词"条就批评曹元宠（曹组）蹈袭苏轼词，并对此人的人品进行了抨击和指斥。文中说："徽宗时禁苏学，元宠又近幸之臣，而暗用苏句，其所谓掩耳盗铃者。噫，奸臣丑正恶直，徒为劳尔。"曹组是宋徽宗时期的文学侍臣，而且是"近幸之臣"；杨慎鄙薄曹组的为人，因此对他有"掩耳盗铃""奸臣丑正恶直"的评价。而对于那些有气节、品德高尚的词家，杨慎则极力推许，褒扬有加。比如评价张元干说："以送胡澹庵及寄李纲词得罪，忠义流也。"张元干词有英雄之气、悲愤之情，因此即使词虽不工，"亦当传""宜表出之"。由此显示了杨慎对词人品行的重视。

品行之外，杨慎对词人的学识也多有强调。如《词品》卷一"欧苏词用《选》语"记载："填词虽于文为末，而非自《选》诗、《乐府》来，亦不能入妙。"认为词人应多研读《文选》《乐府诗集》等古代典籍，斟酌古语，取其精华，以此来增长才识，使词作臻于妙境。杨慎认为，胸怀万卷书是"填词最工"的基础。《词品》中对苏轼、秦观、辛弃疾等人词作中的用典、用韵乃至用语情况都进行了大量考论。

第五，兼容婉约与豪放二派。明代虽有少数人对豪放词进行了赞扬，但总的来说，明代词风以轻绮侧艳为主。词论方面，也崇尚所谓的"香弱"，而贬斥豪放。《词品》对豪放词的看法，与同时代大多数人的论调有所不同，这是杨慎独立于时代风潮之外，凭借自己的深入思考而持有的一个观点。

"香弱"一词，是明代王世贞提出的，是他对词体基本特征的概括。清人沈曾植对"香弱"一词又作了评价，意思是说"香弱"二字是明人所推崇的艺术风格。明人排斥豪放词的态度，由此可见一斑。

明人论词，也多以婉约为正宗，以豪放为别格。张綖就提出："词体大略有二：一体婉约，一体豪放。婉约者欲其词情蕴藉，豪放者欲其气象恢弘。……大抵词体以婉约为正，故东坡称少游今之词手，后山评东坡词如教坊雷大使舞，虽极天下之工，要非本色。"总的来说，在杨慎生活的时代，论词的倾向是崇婉约而抑豪放的。杨慎本人的词作也常流于浅俗，属于"香弱"一路，未能摆脱时代风气的影响。但他论词却比张綖等人通达大度，并不囿于门户之见，更不会"党同伐异"，而是兼容不同风格的作品。

对于豪放派词人苏轼和辛弃疾，杨慎虽未直接评价，但他在评词时，常以苏、辛作为标的。如《词品》卷五"岳珂《祝英台近》词"先写了岳珂北固亭《祝英台近》的填词，继而说道："此词感慨忠愤，与辛幼安'千古江山'一词相伯仲。"《词品》中还有对其他豪放词的评价，如评邓千江《望海潮》"繁缛雄壮"，评刘克庄"送陈子华帅真州"词（《贺新郎·送陈真州子华》）为"庄语亦可起懦"，即严正的议论也可以振发软弱无能者的豪气。可以说，杨慎对豪放词的肯定是毫无保留的。《词品》中对豪放词进行肯定的条目数量之多，是同时代其他词论著作所不及。而杨慎的分析、评点全面透彻，也是同时代其他词论家所不及的。

在称赞豪放词的同时，杨慎也肯定了婉约词的长处。杨慎于婉约派词人中，特别赞赏周邦彦。《词品》评姜夔词说："词极精妙，不减清真乐府。其间高处有周美成不能及者。"这就是以周邦彦为标的论词，同时肯定了姜词有胜过周词的地方。

在当时词坛推崇婉约词的情形下，杨慎能够从词的本质和艺术角度出发，对豪放词做了积极的评价，实在是相当通达的。他对豪放、婉约兼容并收的观点，以及对苏、辛词的肯定，对词学的发展有着积极的促进作用。虽然他的观点在当时并未引起强烈反响（这应该与其当时被贬谪的境遇有关），但对后人论词无疑有着很大启发。清代许多著名词论家均认为婉约、豪放二派不可偏废，杨慎在这方面可以说是起到了开风气之先河的作用。

经典诵读：《词品》选读

李易安词

宋人中填词，李易安亦称冠绝。使在衣冠，当与秦

七、黄九争雄，不独雄于闺阁也。其词名《漱玉集》，寻之未得。《声声慢》一词，最为婉妙。其词云："寻寻觅觅，冷冷清清，凄凄惨惨戚戚。乍暖还寒时候，最难将息。三杯两盏淡酒，怎敌他、晚来风急。雁过也，正伤心，却是旧时相识。满地黄花堆积。憔悴损，如今有谁堪摘。守着窗儿，独自怎生得黑。梧桐更兼细雨，到黄昏、点点滴滴。这次第，怎一个愁字了得。"荃翁张端义《贵耳集》云：此词首下十四个叠字，乃公孙大娘舞剑手。本朝非无能词之士，未曾有下十四个叠字者，乃用《文选》诸赋格。"守着窗儿，独自怎生得黑。"此"黑"字不许第二人押。又"梧桐更兼细雨，到黄昏点点滴滴"，四叠字又无斧痕，妇人中有此，殆间气也。晚年自南渡后，怀京洛旧事，赋元宵《永遇乐》词云："落日镕金，暮云合璧。"已自工致。至于"染柳烟轻，吹梅笛怨，春意知几许"，气象更好。后叠云："于今憔悴，风鬟霜鬓，怕见夜间出去。"皆以寻常言语，度入音律。炼句精巧则易，平淡入妙者难。山谷所谓以故为新，以俗为雅者，易安先得之矣。

宋人填词，李易安远远超出他人。假使她是缙绅，当与秦观、黄庭坚争雄,而不仅仅是女子中最杰出的。其词名《漱玉集》,我寻找它没有得到。《声声慢》一词,最为婉转优美。其词言:"寻寻觅觅,冷冷清清,凄凄惨惨戚戚。乍暖还寒时候,最难将息。三杯两盏淡酒,怎敌他、晚来风急。雁过也,正伤心,却是旧时相识。满地黄花堆积。憔悴损,如今有谁堪摘。守着窗儿,独自怎生得黑。梧桐更兼细雨,到黄昏,点点滴滴。这次第,怎一个愁字了得。"荃翁张端义《贵耳集》言:这首词首句下十四个叠字,是公孙大娘舞剑的手法。本朝不是没有擅长写词之人,但未曾有句首下十四个叠字的。这是采用了《文选》中一些赋的手法。"守着窗儿,独自怎生得黑。"这个"黑"字没有第二个人能押的了。又"梧桐更兼细雨,到黄昏点点滴滴",连用四个叠字又毫不造作,女子中有这样的,大概是间气(旧说英雄豪杰上应星象,禀天地特殊之气,间世而出,称为间气)。晚年自南渡以后,怀想京城旧事,赋咏元宵《永遇乐》词言:"落日镕金,暮云合璧。"已经工巧精致。至于"染柳烟轻,吹梅笛怨,春意知几许",气韵和风格更好。后叠言:"于今憔悴,风鬟霜鬓,怕见夜间出去。"都用普通的言语,选取合适的音律。推敲词句使之精巧是容易的,但运用平淡词句而能达到神妙之境就难了。山谷所谓的以故为新,以俗为雅,易安先做到了。

五 《齐民要术》：我国现存最早最完整的农学名著

贾思勰和《齐民要术》

中国自古以农立国，在精耕细作的农业传统中，蕴含着丰富的先进生产技术知识。历代有识之士将这些知识记录下来，在两千多年的文明发展史中形成了近四百种专门的农书，而北魏贾思勰的《齐民要术》是其中最重要、影响最为深远的一部。

贾思勰是我国古代著名的农学家，但关于他一生的事迹，史书中却少有记载。目前关于贾思勰的确凿"信史"只有十个字，那就是原书原刻本的卷首作者的署名，题为"后魏高阳太守贾思勰撰"。后魏是南北朝时期北朝的一个朝代，现一般称为北魏，是南北朝时期由鲜卑族拓跋氏在我国北方建立的政权。后世学者通过对其他史书和相关碑文的研究，逐渐对贾思勰的生平有了清晰的认识。贾思勰是山东益都人（治所在今山东寿光南），主要生活在北魏的后期，官至高阳太守（高阳究竟在何地，一直存在争议。因为北魏有两个高阳，一个在河北，一个在山东）。贾思勰生活的北魏后期政局混乱，战事频发，土地荒芜，民生凋敝，统治阶层奢侈成风。当时的文人为了避祸，大多逃避现实，潜心佛学、玄学，不触及民间疾苦。在这样的背景下，贾思勰能够搜集历代和当时的农业生产技术知识，亲自参加农牧业生产实践，并著书立说向大家传授，希望以此帮助平民百姓掌握先进的农业生产技术，让他们通过辛勤劳动过上好日子，这种爱民之心是很值得称道的。

关于《齐民要术》的成书年代，学者在书中找到了两条线索：其一，书中提到"杜葛乱后"，连年饥荒，河北人民只靠吃干桑葚生活。杜指杜洛周，葛指葛荣，二人起事，攻占河北，百姓生活陷于水深火热当中。三年后，即公元528年，杜、葛二人兵败身死。这次事变是贾思勰亲眼见到的，他的书应该是在事变之后写成的。其二，书中提到西兖州刺史刘仁之曾在洛阳试种区田，并告诉贾思勰说此举取得了很大的成效。刘仁之于北魏出帝（532—534）时出任西兖州刺史，东魏武定二年（544）去世。根据这两个线索综合推断，《齐民要术》应写成于六世纪三四十年代。

中国地域广大，气候、土壤、水源、农作物等，东西差异、南北差异都十分明显。因此，一部农书，还要弄清它反映的是哪个地区或区域的农业情况，否则就会产生误导。《齐民要术》中常常出现青州、齐郡、齐人、齐俗、济州等地域性名词，特别是作者常说"齐人"怎样怎样，这反映了他对家乡齐地的农业情况相当熟悉，也说明今山东是这部书涉及的重点地区。此外，书中还提到了并州、壶关、上党、井陉、朝歌、"河以北"等地区，就是现今的山西、河南、河北等地。这些地区，加上山东在内，就是我们通常所说的黄河中下游地区。也就是说，《齐民要术》这部农学巨著记载了六世纪及以前我国黄河中下游旱地农业的生产状况及农业技术。

至于这部书的材料来源，正如贾思勰在《自序》中所说："采捃经传，爰及歌谣，询之老成，验之行事。""采捃经传"，即征引古书和当时著作中的文字记录。据近人胡立初考证，《齐民要术》引书有书名可考的共计一百五十五种（实际为一百六十二种），无书名可考的不下数十种。而且，对所引的每一句话，都标明出处，态度极为严肃、认真。特别是贾思勰征引的百余种书，有许多目前已经完全散佚，幸亏有《齐民要术》，才保存了它们的若干片段。"爰及歌谣"，即现存的口头传说。书中记有三十多条当时流传的谚语和歌谣。"询之老成"，即同时代富有农业生产实践的人所积累的经验。"验之行事"，即贾思勰自己亲自观察和动手得来的经验。有文献资料、有口述传说、有他人和自己的实践经验，这大大提高了《齐民要术》的实用价值，也让这部书成为当时最全面、最系统、最丰富的一部农业科学知识集成。

我们该怎样读这部书

《齐民要术》共十卷，九十二篇，十一万五千余字。"起自耕农，终于醯醢，资生之业，靡不毕书。"记载了当时已掌握的关于谷物、蔬菜、果树、林木、特种作物（油料、纤维、染料等）的耕作、选育、栽培、保护的方法，及畜牧、渔业、酿造以至于烹调等方面的技术经验。对广义的农业，即农、林、牧、副、渔各部门，当时平民百姓谋"资生之业"所必需的技术，已概括无遗。从这个意义上说，可称它为"农家知识大全"。

那么，面对这样一部专业性强、篇幅又大的书，我们应该怎么去读呢？著名农史学家缪启愉先生为我们提供的方法是：应该掌握重点阅读的原则，即第一，书的纲领性文章——作者的《序》；第二，前六卷的农、林、牧、渔是主要内容；第三，每篇又以作者本文为主要内容。

具体言之：

第一，《自序》是《齐民要术》一书的总纲和入门向导，它包括了写作的缘起、目的、思想体系、写作范围和方法等，反映了作者的精神面貌和对全书的规划。认真阅读《自序》，对学习和理解全书的内容是十分必要的。

第二，《齐民要术》十卷中，前六卷是农、林、牧、渔四业，是主要的；接下来的三卷是副业，是次要的；最后一卷是南方植物，是附录性的参考资料。这样的主次安排，反映了作者对整个农业的一种看法。当然，这不是说后四卷不重要，只是初学者阅读要有一个先后缓急的安排。就酿造工艺和食品加工来说，后三卷有很重要的技术内容和史料价值；就南方热带亚热带植物来说，卷十堪称我国最早的"南方植物志"。

第三，《齐民要术》的每一篇结构大致相同，由题解、正文和引用文献组成。题解在每篇的最前面，内容是解释篇中作为主题的动植物，介绍在古代及当时著作中，有些什么"异名"、良好品种、物种来源及其性状特征，乃至美丽的"辞藻"或"故事"，为的是让读者在阅读正文之前对篇题对象有个一般性的了解。题解之后是正文，正文是《齐民要术》的精华。作者根据自己访问所得以及亲身的经验，详细记述了农、林、牧、副、渔各类产品的特点、生产过程，以及所涉及的技术知识。这些叙述，绝大多数都是首次见诸文字的第一手资料。正文后便是引用文献，即从文献中摘录相关的资料，对正文中的技术知识加以补充，并常常结合自己的体会经验，做一些批判性的鉴定。

题解、正文和引用文献，成为每篇组成的"三要素"。先把名物辨别清楚，然后再作针对性的论述，这之后，再援引二手资料作补充说明。这样的编写体例是贾思勰的首创，也为后世农书提供了范例。而三要素中，正文部分是核心，其他则是为核心服务的，初读此书者应以正文部分为重点。

科学成就和进步思想

作为一部农学名著，《齐民要术》中记载了许多农业科学成就，包括华北旱作农业以保墒防旱为中心的精细技术措施，种子处理和选种育种，播种技术、轮作和间混套种，动植物的保护和饲养，对生物的鉴别和对遗传变异的认识，对微生物所产生的酶的广泛利用等多个方面。

除此之外，书中还包含着很多进步思想，直到今天仍值得我们重视。

第一，《齐民要术》中体现着"农本"思想。"齐民要术"这个书名本身就是"农本"思想的体现，"齐民"就是平民百姓，"要术"就是谋生的主要方法，贾思勰写这部书就是为平民百姓规划和提供谋生的技能，从而提高百姓的生活水平，让他们能够丰衣足食。《齐民要术·自序》开篇就指出：粮食生产是治国安民的第一件大事，要使民众安定守法，首先要使他们生活富裕起来，而提高生产技能则是富民的重要手段。他还列举了很多历史人物教导和发展农业生产的事迹，作为治国必须以农为本的实例。

第二，《齐民要术》中体现着革新进取的思想。书的《自序》中说汉武帝时搜粟都尉赵过"始为牛耕"（其实牛耕很早就有，并不始自赵过，赵过是改进耕具和推广牛耕），使耕作技术大大向前推进了一步。西汉耿寿昌建议设置"常平仓"（起到调节和平抑粮价的作用），桑弘羊建议施行"均输法"(一种由政府征收和运输物品以平抑物价、防止商人投机倒把的措施),贾思勰认为这些都是对百姓有利的革新方法。他还指出,神农是"圣人",但神农不能造出犁,可是,用犁耕地比用原始的耒耜翻土,效率要高得多。言外之意就是圣贤即使功绩再大,也不是万能的,如果只停留在圣贤时代,而不向前进取,社会就没有进步和发展。作者在书中往往通过新旧对比,肯定新法的优越,这充分反映了他主张革新进取、反对落后保守的思想。

第三,《齐民要术》中蕴含着朴素的辩证思维。比如在耕作方面,书中说秋耕要深,春夏要浅,初耕要深,再耕要浅。又如在播种方面,谷子、大豆、大小麦等,早种的播种量可以少些,晚种的播种量要多些。可以说,农业生产无时无刻不在与土、水、光、热打交道,情况千变万化,处理不好,好的可以变坏,处理得好,坏的则可以转化为好。这都是中国劳动人民经过长期生产实践总结出来的一分为二的辩证方法和科学经验,就是要因时、因地、因物制宜,依据不同情况来具体分析、具体对待。

第四,《齐民要术》提醒人们要尊重自然规律。农业生产不能违背客观条件，必须要按照自然规律行事，否则便会受到自然的惩罚。书中说大禹治水不能使水向高处流，后稷种庄稼不能使谷子在冬季生长，不是他们没有本事，是其"势"不可能，这里的"势"就是指自然规律。贾思勰在很多地方都用注文的形式反复交代应该这样做而不应该那样做的利弊得失关系，实际就是告诫人们不要违背自然法则。他还总结说"顺天时，量地利，则用力少而成功多；任情返道，劳而无获"。"道"就是自然规律，如果做事随随便便，不按规律，就会白费力气，而一无所获。

第五，《齐民要术》强调实践和积极劳动的重要性。贾思勰在《自序》中引用了一句谚语："智如禹汤，不如尝更。"意思是即使有大禹商汤那样的智慧，终不如亲身实践得来的知识高明。接着，他举例说：孔子的学生樊迟请教孔子怎样种庄稼，孔子答道："吾不如老农。"夏禹、商汤、孔子都是后世尊崇的圣贤，贾思勰提到这三个人，是要说明圣贤也没有"超人"的知识，他们脱离某些方面的实践，这方面的知识他们也是不了解的，因此我们常说"实践出真知"，道理正在于此。另外，贾思勰还说"人生在勤，勤则不匮"，"勤力可以不贫","四肢不勤,思虑不用",这是在强调人们要积极劳动。"天上不会掉馅饼",要想获得成功、有所收获,就要切实地付出心血和努力。

第六,《齐民要术》还强调节俭。勤劳后有了收获,但不能忘记节俭,要珍惜来之不易的果实。这也是"勤""俭"二字常常合用的原因。贾思勰在书中指出,粮食生产是艰难的,生活资料的获得也是很不容易的,如果不知道爱惜,任情放纵,为所欲为,那后果将不堪设想。中国历史上因为奢靡亡国的不在少数,历史的教训应该为我们所重视。

经典诵读:《齐民要术》选读

杨泉《物理论》曰:"粱者,黍稷之总名;稻者,溉种之总名;菽者,众豆之总名。三谷各二十种,为六十。蔬果之实助谷,各二十。凡为百种。故《诗》曰:'播厥百谷'也。"

凡五谷种子,浥郁则不生;生者,亦寻死。

种杂者:禾,则早晚不均;舂,复减而难熟;粜卖,以杂糅见疵;炊爨,失生熟之节。所以特宜存意,不可徒然。

粟、黍、穄、粱、秫，常岁岁别收：选好穗纯色者，劁刈，高悬之。至春，治取别种，以拟明年种子。楼耩椓种，一斗可种一亩；量家田所须种子多少而种之。

其别种种子，常须加锄。锄多则无秕也。

先治而别埋；先治，场净，不杂；窖埋又胜器盛。还以所治蘘草蔽窖。不尔，必有为杂之患！

将种前二十许日，开出，水淘。浮秕去则无莠。即晒令燥，种之。

依《周官》相地所宜，而粪种之。

《氾胜之术》曰："牵马，令就谷堆食数口；以马践过。为种，无䗪蚄等虫也。"

《周官》曰："草人，掌土化之法。以物地相其宜而为之种。郑玄注曰："土化之法，化之使美，若氾胜之术也；以物地，占其形色，为之种；黄白宜以种禾之属。"凡'粪种'：骍刚用牛，赤缇用羊，坟壤用麋，渴泽用鹿，咸潟用貆，勃壤用狐，埴垆用豕，强㯤用蕡，轻㸃用犬。"此草人职。郑玄注曰："凡所以'粪种'者，皆谓煮取汁也。赤缇，色也；渴泽，故水处也；潟，卤也；貆，貒也；勃壤，粉解者；埴垆，黏疏者；强㯤，强坚者；轻㸃，轻脆者。故书，'骍'为'挈'，'坟'作'盆'；

杜子春'挚'读为'驿'，谓地色赤，而土刚强也。郑司农云：'用牛，以牛骨汁渍其种也，谓之"粪种"；坟壤，多蚡鼠也。壤，白色，蕡麻也。'玄谓坟壤润解。"(《齐民要术·收种》)

杨泉《物理论》说："粱，是黍稷等（小粒谷类）的总名；稻，是水种粮食的总名；菽，是各种豆类的总名。三类谷类，各二十种，合起来共六十种。草本、木本植物的果实，可以辅助谷类的，也各有二十种。总共一百种。"所以《诗经》有"播种这百种谷类"的话。

谷类的种子，湿着在不通风的地方收藏，就会坏而不发芽；即使发芽后，也长不好，很快就会死去。

如果用混杂的谷种，出的苗会迟早不均匀；得到的种实舂的时候，有的便舂得过度收回量减少了，有的还没有熟，难以均匀；卖出去，人家嫌杂乱；煮饭，也会夹生夹熟，难以调节。因此，特别要注意，不可以随便。

无论粟、黍子、穄子、粱米、秫米，总要年年分别收种：选出长得好的穗子，颜色纯洁的，割下来，高高挂起。到第二年春天打下来，另外种下，预备明年作种子用。用耧耩着地种下去，一斗种可以种一亩地；估计自己的田里需要多少分量的种子，然后按照需要来施种。

这样另种的种子，要常常锄。锄得多，就不会有空壳谷粒。

收回来，先整理，另外埋藏。先将场地整理干净，不会掺杂；用窖埋，又比用器具盛的好。随即就用打剩的藁秸，来塞住窖口。如果不这样，必定免不了掺杂的麻烦。

预备下种之前二十多天，开窖，取出种子，用水淘洗。淘去浮着的空壳，就不会有杂草。随即晒干，再去种。

依《周礼》所规定的，观察适合当地土壤的种类，用粪种的方法来种。

《氾胜之术》说："牵着马，让它就着谷堆吃几口谷；再牵着它从谷堆里踏着走过。用这样的谷作种，可以免除䗖蚼害虫。"

《周礼》里有："草人，掌管'土化'的方法。针对着作物的种类与土地，看它们怎样配合才适当，定出该种哪一种庄稼。郑玄注解说："'土化'的办法，是使它变好，如氾胜之所用的技术：针对作物与土地，决定地形土色与作物种类；像黄白色土壤该种'禾'（谷子）之类。"'粪种'的办法是：红黄色的硬土，用牛骨汤；淡红土，用羊骨汤；一泡就散开的土，用麋骨汤；干涸的沼泽，用鹿骨汤；盐土，用貒骨汤；干时像粉末一样散开的土，用狐骨汤；黏土，用猪骨汤；坚硬的土，用麻子汤；轻松的土，用狗骨汤。"这是草人的职务。郑玄注解说："凡用来'粪种'的，都是说煮过取汤汁用。赤缇是淡红色；渴泽是从前有水的地方；潟是盐碱地；貆是貒；勃壤是像粉一样散开的；埴垆是黏的；强檗是坚硬的；轻票是轻而松脆的。古书上'骍'字原来是'挈'，'坟'字原来是'蚠'；杜子春将'挈'改读为'骍'，解释成地面颜色红黄而土质刚硬。郑众说：'用牛，是用牛骨煮出汤来泡种子，所以叫作"粪种"；坟壤，是地里有许多鼢鼠；壤是白色土；蕡是麻。'我以为坟壤是加水后便会散开的土。"

六 《酉阳杂俎》：唐代著名的志怪小说集

这是一部唐代著名的志怪小说集，所收皆奇、异、幻、怪者。《四库全书总目》称其为："自唐以来，推为小说之翘楚，莫或废也。"鲁迅的《中国小说史略》则称它"所涉既广，遂多珍异"，与唐代传奇小说"并驱争先"。然而，它又不止是一部志怪小说集，其内容包罗万象，涉及文学、历史学、民俗学、生物学、医药学、宗教学等诸多领域，具有百科全书的性质。英国著名学者李约瑟在《中国科学技术史》中多次提到此书，并指出世界上最早的关于无机酸的记载就见于其中。

这部书就是唐代段成式的《酉阳杂俎》。

"东西南北之人"段成式

段成式（约803—863）是晚唐著名的小说家和诗人，他的诗因讲究辞藻声律而与温庭筠和李商隐齐名，号称"三才子"。然而，让段成式在后世享有盛誉的则是他的志怪小说集《酉阳杂俎》。

段成式，字柯古，祖籍临淄（今山东淄博东），自称东牟（今山东牟平）人。他出身望族，其六世祖段志玄是唐朝开国元勋，官至右卫大将军，封褒国公，为

"凌烟阁二十四功臣"之一,陪葬昭陵。其父段文昌为中唐名臣,穆宗时曾为中书侍郎、同中书门下平章事;文宗时进封邹平郡公,复以使相之尊历镇淮南、荆南、剑南西川。其母则是中唐名相武元衡之女。

唐德宗贞元十五年(799),段文昌自荆州赴蜀,入剑南西川节度使(治今四川成都)韦皋幕府。段成式即出生于此后。三十三岁之前,段成式随侍父宦,行踪不定:宪宗元和元年(806)岁末,他随父出蜀入京,此后至元和十五年(820)一直居住在长安。穆宗长庆元年(821),段文昌出镇剑南西川,段成式随父再度入蜀。长庆四年(824),段文昌拜兵部尚书,段成式又随父入京。文宗大和元年(827),段成式自长安赴浙西观察使(治所在润州,今江苏镇江)李德裕幕府,随后其父段文昌为淮南节度使,段成式随即转赴淮南治所扬州。大和四年(830),段文昌自淮南移镇荆南,段成式又随父自扬州转赴荆州。大和六年(832)末,段文昌自荆南再镇剑南西川,段成式又随父自荆州赴成都。大和九年(835),段文昌卒于成都;本年底,段成式携家赴长安。

段成式到了长安,居住在修行里旧宅。开成二年

（837）秋冬，段成式除丧服，以荫入官为秘书省校书郎，后任职集贤殿修撰。宣宗大中元年（847），段成式出任吉州（今江西吉安）刺史。大中七年（853）又自吉州返回长安，两年后又出为处州（今浙江丽水）刺史。大中十三年（859）闲居襄阳。懿宗咸通元年（860），又出任江州刺史。后返回长安，任太常少卿。咸通四年（863）六月，卒于官。

通过上面的描述，我们可以看到，段成式终其一生实为一"东西南北之人"，尤其是他三十三岁之前，往返于长安和成都，奔波于江东和西蜀，其行路岂止万里。他又供职于秘书省和集贤殿，在这里，段成式可以看到外间难得一见的珍本和秘籍，他博闻强记，精研苦学，读书又岂止万卷。另据记载，段成式青年在蜀期间，喜好驰猎，热衷于艺文；出任州牧期间，则颇有善政；闲居襄阳时期，又随缘自适，与友人颇多唱和。如此丰富的人生阅历，当然会对他的著述产生重要影响。

书名的含义

书名取"酉阳杂俎"四个字，有什么含义呢？《四库全书总目》解释说："其曰'酉阳杂俎'者，盖取梁元帝赋'访酉阳之逸典'语。二酉，藏书之义也。"这里所说的"二酉，藏书之义"是什么意思？南朝宋盛弘之《荆州记》说："小酉山上石穴中，有书千卷，相传秦人于此而学，因留之。"元朝郝天挺《唐诗鼓吹注》卷三陆龟蒙《寄淮南郑宾书记》"二酉搜来秘检疏"注引《图经》："穆天子藏异书于大酉山、小酉山之中。"由此可知，"二酉"是指大酉山、小酉山（在今湘西地区）。梁元帝所谓的"酉阳逸典"，即藏诸世外的秘籍奇书，而古人多视小说为此类，这就是书名"酉阳"二字的含义。

"俎"本是古代祭祀或宴会时盛放肉的礼器，这里则代指不同于正味的奇味。"杂俎"者，天地之间凡百奇味，杂然前陈，以此比喻本书所记包罗万象，无所不有。

李剑国《唐五代志怪传奇叙录》有一段关于书名的论述，较为精当：

昔者柳子厚始以滋味论俳怪之文，成式命书曰《杂俎》，正承子厚之意。……成式首倡"志怪小说"一词，以为五经子史乃大（太）羹折俎，味之正者，而志怪小说乃"炙鸮羞鳖",野味也。正人君子或对之不肯下箸,成式乃以为自有佳味。味之为何?奇也,异也,幻也,怪也。即李云鹄所称:"无所不有,无所不异,使读者忽而颐解,忽而发冲,忽而目眩神骇,愕眙而不能禁。"《诗品》论诗亦尚滋味,滋味者乃指诗歌之形象性特征,成式以论小说,亦欲达"味之者无极,闻之者动心"之致。故云"游息之暇,足为鼓吹"(《诺皋记序》),"使愁者一展眉头"(《黥》),不主教化而宗娱心,与夫"治身理家"之传统小说观归趣全异矣。

唐代生活的百科全书

《酉阳杂俎》全书分为前集二十卷,续集十卷。各卷篇目多少不一,计有:忠志、礼异、天咫、玉格、壶史、贝编、境异、喜兆、祸兆、物革、诡习、怪术、艺绝、器奇、乐、酒食、医、黥、雷、梦、事感、盗侠、物异、广知、语资、冥迹、尸穸、诺皋记(上、下)、羽篇、毛篇、鳞介篇、虫篇、木篇、草篇、肉攫部、支诺皋(上、中、下)、贬误、寺塔记(上、下)、《金刚经》鸠异、支动、支植(上、下)等目。举凡史志、礼仪、法律、外交、婚俗、丧葬、禁忌、传说、杂技、道教、佛教、仙佛人鬼、方术征应、天文、地理、音乐、书法、文学、考证、壁画、建筑、交通、饮食、医药、器物、矿物、动物、植物等，尽囊括其中，因此内容极为驳杂，其有"百科全书"之称，也就不足为怪了。

李剑国认为，《酉阳杂俎》一书卷帙浩繁，不可能成于一时一地，应是作者随时记录所见所闻，搜集材料，俟时成编。全书编成的时间，李剑国推断是在唐宣宗大中八年（854）前后，因为这段时间段成式闲居在京，有闲暇编定此书；再者大中七年以后的事情又不见于续集。

需要指出的是，在驳杂的面目之下，《酉阳杂俎》有个一以贯之的理念，那就是"志怪"，不怪不奇者，是不能入段氏之法眼的。因此书中所记的史事，非面折廷争、从谏如流之类，而是鲜闻的逸事，如本书记载说玄宗对局将输，杨贵妃放了一只西域古国康国的小狗来扰乱棋局，结果玄宗大悦。这件事为正史所不载，但却非常有意思。又如刘伯玉之妻好妒忌，伯玉常诵《洛神赋》，其妻妒而自沉，化为水神。凡有美妇渡水，则风波频发，如此伯玉之妻堪称"古代第一醋神"。类似的奇闻逸事，不胜枚举。也就是说，书中记民俗风情，必是独特奇异者；记植物草木，必是奇花异卉；记释道典故，必是"事尤异者"。至于最为精彩的《诺皋记》诸篇，写鬼写妖，神奇怪异，变幻莫测，更是高六朝人一筹。李剑国《唐五代志怪传奇叙录》中说："《诺皋》之记，皆以瑰丽警兀之笔述天地之奇，篇幅虽大都不及《玄怪》《传奇》之长，然巧为幻设，工事藻绘，自非六朝志怪可比。"后世的说部名著《西游记》《聊斋志异》等均受到《酉阳杂俎》一书的影响，其他白话小说和戏曲取资于此书者，亦不在少数。

概括起来，《酉阳杂俎》的特点主要体现为搜奇、实录和博闻三个方面。

第一是搜奇。搜集怪异之说是此书的一个重要特征，胡应麟在谈到志怪之书时说："独唐段氏《酉阳杂俎》最为迥出，……允谓奇之又奇者也。"《四库全书总目》亦指出其所载为"诡怪不经之谈，荒渺无稽之物"。段成式作《酉阳杂俎》，不求故事的完整，只要具有趣味就记载下来，例如："近有盗发蜀先主墓，墓穴，盗数人齐见两人张灯对弈，侍卫十余，盗惊惧拜谢。一人顾曰：'尔饮乎？'乃各饮以一杯，兼乞与玉腰带数条，命速出。盗至外，口已漆矣。带乃巨蛇也。视其穴，已如旧矣。"（《尸穸》）唐代文人普遍存在"好奇"的心理，他们往往在一些场合讲说新奇的故事，以为娱乐消遣。当然，其中也有一些故事带有迷信色彩，这在《喜兆》《祸兆》中尤其明显，这是我们在读这部书时应该注意的。

第二是实录。段成式在创作时，以"取其必实之迹"的心态，目的是向读者显示他所记载的故事都是真实可信的，写作态度是非常严肃认真的。所以作者往往在开头或结尾处交代故事的来源、出处，记述故事的讲述人，甚至听故事的时间和地点等，以增强故事的真实性和可信度。清人周登在为《酉阳杂俎》所写的序中指出："《酉阳杂俎》二十卷，……其载唐事，修史者或取之"，正是其"实录"精神使然。如"旧说不见辅星者将死，成式亲故常会修行里，有不见者，未周岁而卒"（《广知》），"相传识人星不患疟，成式亲识中，识者患疟"（《广知》），"予未亏齿时，尝闻亲故说"（《贬误》）。还有波斯信鸽，"大理丞郑复礼言，波斯舶上多养鸽，鸽能飞行数千里，辄放一只至家，以为平安信"（《羽篇》）。可见，当时养信鸽已经较为普遍。这些故事，是作者以亲身经历或亲自听到、看到的语气告诉读者的，其中确有"可补史阙"的内容。

第三是博闻。段成式自幼力学苦读，博学强记，为时人所叹服，自言"成式以君子耻一物而不知"，他的博闻在唐代作家中是不多见的。《酉阳杂俎》南宋嘉定十六年刊本邓复序指出："今考其论撰，盖有书生终身之所不能及者，信乎其为博矣。"段成式所读之书既博且杂，作品中所征引、提及的书就达上百种，除正史外，还有诗文作品、小说、笔记等，如《西京杂记》《鹦鹉赋》《弈赋》《朝野佥载》《论衡》《玄中记》《淮南子》《南蛮记》。"或录秘书，或叙异事，仙佛人鬼以至动植，弥不毕载，以类相从，有如类书。"而《贬误》篇，则可以看作是作者读书时的考证、辨误，有一定的学术价值。

除了从书中和生活中得到见闻，有些知识很可能来自段成式的访查，如他对非洲诸国的记录不仅远远超出了前代，而且在数量和内容上都大大多于现存的唐代官方典籍的记录。如有关东非沿海地区的记载，很可能源于他亲自对来唐的客使或商人的访问。段成式虽然以博闻强记知名于世，但他是一个具有强烈时代感的学者，并不满足于对前代文献的爬梳，调查采访是《酉阳杂俎》一个重要的资料来源。

现代价值

《酉阳杂俎》虽为一部志怪小说集，但它的价值绝不仅仅局限于文学领域。

首先，此书对人与自然、人与动植物的和谐关系有一种深刻的理解和认识。在段氏看来，自然界中任何生命都是平等的，都有自身的价值。人不能凌驾于自然之上，而应该与自然界的万事万物保持一种和谐融洽的关系。在唐人较为自信的社会心理之下，《酉阳杂俎》中人与自然的和谐融洽关系往往以一种诗性的方式显现出来，这恰恰是作者生态观念和生态意识的一种流露。书中体现了段氏"观照自然，欣赏自然，化为自然"的生态观。"化为自然"之"化"是指相融相化，类似于庄子所说的"物化"。学者徐复观对"物化"的解释颇为形象："物化的境界，完全是物我一体的艺术境界。因为是物化，所以自己生存于一境之中，而倘然与某一物相遇，此一物一境，即是一个宇宙，即是一个永恒。"因此，在人与自然和谐相处的过程中，乐在其中，乐在不知物，真正使人类与自然界达到一种"天人合一"的境界。

从这本书中，我们可以看到众多人与动物和谐相处的故事，反映出作者热爱自然、善待自然的生态观。如《支植下》记载了一位老人为醋心树看病的故事，体现的是人与自然界的和谐相处，也彰显了作者对自然界中植物保护的生态意识。又如《忠志》篇记载："上尝观鱼于西宫，见鱼跃焉，问其故，渔者曰：'此当乳也。'于是中网而止。"当帝王发现小鱼儿在河水中不断跳跃，认识到鱼还在繁殖期，就下令停止捕鱼行动。作者将这一故事列入"忠志"篇，意欲先树立帝王保护大自然的意识，进而引导百姓保护自己所处的自然和社会环境。此外，书中还记载了诸多人与动物相互尊重、相互救助、相互依存的感人故事，展现出人与动物之间和谐的生态美。

其次，书中记载了大量的节日风俗，是我们研究古代节日文化的重要资料。比如，书中记载："三月三日，赐侍臣细柳圈，言带之免蛊毒。"唐朝时，每年的三月三日为上巳节。上巳节大约出现于春秋战国时期，主要活动为祓禊。魏晋时期，人们约定俗成地将上巳节定为三月初三，故以后的上巳节又被称为"三月三"。祓禊，犹祓除，指除灾驱邪之祭。灾，即灾害、祸患；邪，指致病的因素。祓除的方法有多种，最常见的是水祓，即斋戒沐浴。还有以器具祓，即通过佩戴草木制成的配饰来去除灾邪。书中提到的"细柳圈"，就属于这一类。细柳圈是用柳条编成的圆圈。蛊即毒虫；蛊毒指因毒虫引发的疾病。柳树在古人的观念中有驱邪的功用，因此要在三月三这一天佩戴细柳圈以祓除疫病。人们互赠编好的柳圈，表达了对健康长寿的美好祝愿。

书中又记载："腊日，赐北门学士口脂、蜡脂，盛以碧镂牙筒。"腊日是腊祭之日，南北朝时将日期定在腊月初八。腊日除祭神祭祖之外，还有击鼓驱疫、吃腊八粥、互赠礼物等习俗。口脂由油脂、矿物蜡和各种香料制成，涂在嘴唇上以防干裂，相当于今天的润唇膏。口脂具有香、润等特点，制作时还可以与朱砂等色素调和，以达到着色的效果。蜡脂是含有蜂蜡的面脂，具有滋润皮肤的功效，相当于今天的面霜。口脂和蜡脂，在寒冷的冬天可以起到保护嘴唇和皮肤的作用。碧镂牙筒是指碧玉镂雕的管状容器。唐代有皇帝在腊日赐群臣口脂的习俗，盛装口脂的容器也十分精美。这种礼物成为百官群臣向往的恩泽，杜甫有诗云："口脂面药随恩泽，翠管银罂下九霄。"

再次，在语言学者眼中，《酉阳杂俎》也是一座宝库。刘传鸿《〈酉阳杂俎〉校证：兼字词考释》的前言说："《杂俎》内容丰富，涉及诸多领域，既有段成式自创，也有引自前代文献者。这样的内容构成及来源特点决定了其语言成分的复杂性及丰富性，文中词汇覆盖面广，体现出不同的时代特色，而且用语不避俚俗，包含很多口语词，因此这部书也具有很大的语言学价值。"据学者统计，《汉语大词典》直接征引《酉阳杂俎》共一千多次，其中以《酉阳杂俎》中的词句作最早例证的词头就有近七百个。

最后，书中涉及的医药、科技、天文等知识，在科学上具有不可忽视的价值。比如，在唐代，随着中原与印度、西域经济文化交流的日益密切和频繁，这些国家和地区的药物也被引入中原。《酉阳杂俎》中记录了大量来自异域的药用珍奇动植物。比如阿魏，它首见于《新修本草》："苗叶根茎，酷似白芷。捣根汁，日煎作饼者为上，截根穿暴干者为次。体性极臭而能止臭，亦为奇物也。"经过对比可知,《酉阳杂俎》对"阿魏"的记载更为详细,记录了产地、外国名称、植物外形、合成方法等,可以补充本草书籍的不足。又如,我们常用"一刹那"表示时间短,那么,"刹那"具体是什么时间单位呢?该书卷三《贝编》中记载:"一千六百刹那为一迦罗,倍六十,名摸呼律多。倍三十摸呼律多,名为一日夜。"也就是说,1日夜=30摸呼律多,1摸呼律多=60迦罗,1迦罗=1600刹那。由此可求出1日夜=2880000刹那,按1日夜合86400秒计算,3秒合100刹那,可见"刹那"是比秒还小的时间计量单位。

总之,作为一部包罗万象的著作,《酉阳杂俎》值得我们深入地阅读和研究。

经典诵读:《酉阳杂俎》选读

诡习(节选)

元和末,均州郧乡县有百姓,年七十,养獭十余头,捕鱼为业,隔日一放。将放时,先闭于深沟斗门内令饥,然后放之。无网罟之劳,而获利相若。老人抵掌呼之,群獭皆至,缘衿藉膝,驯若守狗。户部郎中李福，亲观之。

元和末年，均州郧乡县有位老百姓，七十岁，养了十多只水獭，以打鱼为生，隔一天把水獭放出去一次。放之前，先把它们关在深沟的闸门里饿着，然后再放出去，不用劳神费力地撒网收网，而捕鱼的数量却大致相当。老人拍掌呼唤它们，水獭全都跑过来，围在老人身边，靠着他的腿膝，温驯得像看家狗。户部郎中李福亲眼见过。

黥（节选）

荆州街子葛清，勇不肤挠，自颈已下，遍刺白居易舍人诗。成式常与荆客陈至呼观之，令其自解，背上亦能暗记。反手指其札处，至"不是此花偏爱菊"，则有一人持杯临菊丛；又"黄夹缬林寒有叶"，则指一树，树上挂缬，缬窠镂胜绝细。凡刻三十余首，体无完肤，陈至呼为"白舍人行诗图"也。

荆州清洁道路的葛清，生性刚强，不怕针刺，从颈部以下，全身刺满了白居易舍人的诗。我曾经和荆州人陈至叫他前来，细细查看，让他自己解下衣服，背上的诗也能默诵出来。反手指出所刺的位置，到"不是此花偏爱菊"，就有一个人端着酒杯面对菊花丛的图案；又到"黄夹缬林寒有叶"，就指着一棵树，树上挂着彩带，彩带的界格花纹织得非常精细。总共刺了三十多首，全身体无完肤，陈至称其为"白舍人行诗图"。

七 《太平广记》：
荟萃说部精英，小说家之渊海

北宋初年，海内初定，武功歇而文治兴。北宋的第二位皇帝宋太宗下诏编修类书，有史实、典故一千卷名为《太平御览》，野史小说五百卷名为《太平广记》，诗文一千卷名为《文苑英华》。太宗死后，其子真宗继位，又以"历代群臣事迹"一千卷名为《册府元龟》。后人称以上四部书为宋代四大书。这四大书中最先完成的就是《太平广记》，由李昉、扈蒙等于太平兴国二年（977）奉旨编纂，历时约一年半的时间，于次年修成。书名中的"太平"二字缘于此书成于北宋太平兴国年间。

在中国类书史上，《太平广记》的编纂是一件大事，那么当时的统治者为什么决定要编纂这样一部书呢？这还要从当时的政治和文化两方面去考虑。

编纂的政治目的

鲁迅先生在其《中国小说史略·宋之志怪及传奇文》中提到宋初编修类书是出于政治的需要："宋既平一宇内，收诸国图籍，而降王臣佐多海内名士，或宣怨言，遂尽招之馆阁，厚其廪饩，使修书，成《太平御览》《文苑英华》各一千卷；又以野史传记小说诸家成书五百卷，目录十卷，是为《太平广记》"。这里，鲁迅先生很明确地指出，宋朝初年太宗编修这些大型的类书是安抚身为海内名士的降王臣佐的一种政治策略。

其实，这个说法不是鲁迅最先提出的，早在南宋时期，王明清的《挥麈后录》卷一中就提出了这样的观点："诸降王死，其旧臣或宣怨言，太宗尽收用之，置之馆阁，使修群书，如《册府元龟》《文苑英华》《太平广记》之类，广其卷帙，厚其廪禄赡给，以役其心，多卒老于文字之间云。"这种看法在元代也有支持者，如刘埙《隐居通议》卷十三说："或谓当时削平诸僭，其降臣聚朝多怀旧者，虑其或有异志，故皆位之馆阁，厚其爵禄，使编纂群书，如《太平御览》《广记》《英华》诸书，迟以岁月，困其心志。于是诸国之臣俱老死文字间，世以为深得老英雄法，推为长策。"从这些文字中，我们不难看出，当时有一些人对宋太宗推行的这种政治怀柔政策给予了肯定和赞赏，认为这不失为一个使降臣心无二志、促进社会稳定的好办法。到了明代，谈恺在《太平广记跋》中也继承了这一观点。

不过，这一观点也受到了一些现代学者的质疑。比如史学家聂崇岐、编辑家程毅中等就指出了王明清《挥麈后录》的错误，像《册府元龟》这部书不是太宗朝编的而是真宗朝编的，又如所谓"诸降王死"与历史事实也多有不符。因此，他们认为宋初类书的编纂与政治没有什么关系。

应该看到，王明清的说法确实存在谬误，但以此就否认《太平广记》等书的修纂与政治无关，则难以让人信服。据史料记载，《太平广记》的十三位纂修官，除了宋白一人外，其余全部为降臣。监修者李昉"（后）汉乾祐举进士"，历仕汉、周而归宋；还有的人是南唐和后蜀的降臣，这些人确实是"海内名士"。我们设想，即使这些人真的没有二心而忠心耿耿于宋朝，作为皇帝的宋太宗真能寝食无忧吗？更何况当时李后主还活着，宋太宗能够不注重对那些南唐降臣的安抚吗？正如清代陆寿名辑《续太平广记》中所言："创业之主，中怀猜忌，韩彭俎醢。功臣尚然，何有于胜国之遗？宋太祖、太宗处此，不惟术智，抑亦德厚矣。"陆寿名认为宋太祖和太宗怀柔降臣的办法，不仅聪明，甚至算是仁德了。

因此，《太平广记》的修纂，政治需求虽不是唯一的因素，但却是不容忽视的。平心而论，太宗安抚降臣，也是继承太祖的既定政策。《宋史》卷二七一中有一段总结的话："太祖有天下，凡五代之臣，无不以恩信结之，既以安其反侧，亦藉其威力，以镇抚四方。"区别只在于：宋太祖着重笼络的是五代时期的武将，因此有"杯酒释兵权"之举；而宋太宗则用五代时期的文臣来修纂大书，其用"文"来安抚降臣、笼络人才以巩固新生政权的目的是很明显的。修书之业既尊贵，又有优厚的待遇，何乐而不为呢？

成书的文化因素

除政治目的外，《太平广记》的编纂还有文化方面的原因。

首先是文献整理的因素。秦汉以来，书籍成为文化传承的最为重要的方式，而中国的皇帝大多对文献典籍都十分重视，像隋朝"及隋氏建邦，寰区一统，炀皇好学，喜聚逸书，而隋世简编，最为博洽"。到了唐代，据《旧唐书·经籍志上》载："贞观中，令狐德棻、魏徵相次为秘书监，上言经籍亡逸，请行购募，并奏引学士校定，群书大备。开元三年，左散骑常侍褚无量、马怀素侍宴，言及经籍。玄宗曰：'内库皆是太宗、高宗先代旧书，常令宫人主掌，所有残缺，未遑补缉，篇卷错乱，难于检阅。卿试为朕整比之。'至七年，诏公卿士庶之家，所有异书，官借缮写。及四部书成，上令百官入乾元殿东廊观之，无不骇其广。"后面的明朝修《永乐大典》，清朝修《四库全书》，性质莫不如此。

然而，有典籍的集聚就有典籍的散佚。北宋前面的晚唐五代之乱就是中国典籍罹难的时代。晚唐五代之乱始于唐僖宗乾符二年（875），王仙芝、黄巢等不堪统治者的暴政，愤而起义。这场起义以失败告终，战争的结果是"宫庙寺署，焚荡殆尽，曩时遗籍，尺简无存"。自此以后，五代纷乱，政权更迭，自唐哀帝天祐四年（907）朱温以梁代唐至宋太祖建隆元年（960）立国，历时五十三年。其间战争频繁，不仅令统治者无暇重整书籍，反而进一步加重了典籍的散佚和损毁。据孙光宪《北梦琐言序》说："唐自广明乱离，秘籍亡散，武宗已后，寂寞无闻，朝野遗芳，莫得传播。"由此可知，从晚唐开始的近百年的离乱对于图书文献的损坏是相当严重的。

好在宋太祖在平定各地时，很注意保护和搜集图书，等宋太宗登上皇位时，国家基本完成了图书文献的储备，三馆藏书已具备相当大的规模。太宗继位后，不仅和其兄长一样热衷于图书的搜集，同时还对图书文献进行系统整理。于是就有了《太平御览》《太平广记》这样大部头的类书。太宗皇帝曾与侍臣多次谈及图书问题，很明确地提出自己的文化建设思路："夫教化之本，治乱之源，若非书籍，何以取法？"为了文化的发展，整理古代文献、编纂类书成为主要措施之一。这也是宋太宗"文德致治""右文崇儒"的具体体现。

其次是皇帝尚文的因素。我们在研究古代文化现象时，除社会原因之外，统治者个人的情趣爱好也是某一文化现象生成的契机。由于帝王的提倡，有可能形成一股社会思潮，或构建一项重大的文化工程。《太平广记》等类书的编纂就与太宗皇帝尚文有一定的关系。宋太宗的文学修养相当高，比如诗文创作方面，就有《御集》四十卷、《朱邸集》十卷、《逍遥咏》十卷等，他甚至开了宋初酬唱诗风之先河。此外，宋太宗还喜好读书，据《宋太宗实录》记载："庚辰，诏：'史馆所修《太平总类》一千卷，宜令日进三卷，朕当亲览焉，自十二月一日为始。'宰相宋琪等言曰：'天寒景短，日阅三卷，恐圣躬罢倦。'上曰：'朕性喜读书，颇得其趣，开卷有益，岂徒然也。因知好学者读万卷书，非虚语耳。'"在读书之余，广求不同种类的图书，更是太宗皇帝的一大乐趣。聚书、读书、著书，三者结合，促使太宗皇帝从文化建设的角度去思考政治措施，其读书、聚书的目的有求索治国之道的想法，欲从古代典籍中寻求方略，吸取经验教训。

最后是小说自身发展的结果。中国古代小说发展到唐代，进入了繁盛期，唐代创造了中国小说史上的第一次辉煌。鲁迅先生论及唐代小说创作时写道："惟自大历以至大中中，作者云蒸，郁术文苑，沈既济许尧佐擢秀于前，蒋防元稹振彩于后，而李公佐白行简陈鸿沈亚之辈，则其卓异也。"这充分肯定了唐人小说的创作成就。唐人小说就是我们现在常称的唐传奇。据现代学者李剑国先生《唐五代志怪传奇叙录》统计，唐五代单篇传奇与小说集达到了二百二三十种。唐五代传奇的出现是古代小说文体成熟的标志，它构思精巧、情节婉转、辞藻华美，后人甚至认为可以与唐诗相媲美，同为一代之奇。唐五代传奇所散发的夺人光华，使得小说这一文体凸显出来，到了宋初人们编纂类书时已经不能不重视这一文类的存在，于是把小说和其他文献分别开来，归为一类而成《太平广记》。或者也可以这样说，以唐五代传奇为主体的通俗叙事文学的巨大发展，成为《太平广记》这样的小说类书出现的推动力量。

不得不说的特点

综观《太平广记》全书，其特点是显而易见的。

首先，门目清楚。该书按题材分为九十二个大类，附以一百五十余个细目。编入的每一个故事，均标出小标题，并摘抄原书中的一段或数段，还注明所摘引的书名，这样极便于读者核查。对每个大类，又视内容的多少，以定卷数之多寡。如"神仙"类共有五十五卷，"山类""石类"各一卷。这种编纂方法，使读者开卷之初，就能对其内容有一个整体的认识。鲁迅先生在《中国小说史略·宋之志怪及传奇文》中就评价这部书"不特稗说之渊海，且为文心之统计矣"。

其次，注重故事的完整性。前代有些类书，也多少涉及野史小说的内容，但多有断章摘句的弊病。李昉等主编《太平广记》时，则力求故事的完整性，"卷帙轻者，往往全部收入"。比如，卷三为"神仙"类之三，整卷只录"汉武帝"一则，几近万字，编者把《汉武故事》中关于汉武帝好神仙的故事征引殆尽，使读者对这一问题一目了然。最具代表性的是卷四八四到卷四九二所编"杂传记"类，共收录《长恨歌》《莺莺传》等十四种唐代传奇，多数长达数千言，《太平广记》皆全文编录。这为保存唐代传奇这朵文学奇葩的原貌，以及促进宋元话本、杂剧和明清小说、戏剧的发展，做出了贡献。

最后，征引广博。据近代学者邓嗣禹《太平广记篇目及引书引得》统计，该书共征引书籍四百七十五种。这些书籍集先秦至宋初野史小说之大成，真可谓是"古来轶闻琐事、僻笈遗文咸在焉"。因而《太平广记》被四库馆臣誉为"小说家之渊海也"。其中所存留的野史小说，其单行本今天半数以上都已经散佚了，就是流传下来的也有不少残缺和错讹之处，现在只能依据《太平广记》来做辑佚和校勘的工作了。鲁迅先生殚精竭虑钩沉中国古代小说时，就颇得力于这部类书。这些野史小说资料，在中国文学史、宗教思想史、社会风俗史等领域具有十分重要的价值。可以这么说，如果没有《太平广记》的广泛征引，这些野史小说也难逃《汉书·艺文志》所列十五种小说荡然无存的命运。

对于这部书，鲁迅先生有一个很好的总结，他说："我以为《太平广记》的好处有二，一是从六朝到宋初的小说几乎全收在内，倘若大略的研究，即可以不必买许多书。二是精怪，鬼神，和尚，道士，一类一类的分得很清楚，聚得很多，可以使我们看到厌而又厌，对于现在谈狐鬼的《太平广记》的子孙，再没有拜读的勇气。"

现代价值

《太平广记》既然被誉为"小说家之渊海"，那么其价值首先体现在小说方面。

一是此书的编纂和刊行，促进了中国古代小说作品的传播，提高了小说的地位。据文献记载，这样一部以收录古代小说文献为主的类书，在修成之后，不仅有民间坊刻本，而且还有官方刊印本，流传甚广。上至一国的君主、王侯宰相，下至文豪士人，都喜欢阅读这部书。这对古代小说作品的传播，无疑起到了促进作用。

更为重要的是,《太平广记》的流传,使小说这种文学体裁的地位有了较大提升。我们都知道,在古人眼里,小说和小说家都被视为末流,一直不受重视。但《太平广记》的修纂,在一定程度上改变了这个趋势。因为这部书和《太平御览》《文苑英华》一样都是由政府出面"诏诸儒"修纂的,这意味着在官方意识中,"小说"可以与"故事""文章"平起平坐,也同样可以发挥资政治、助教化的功能。这代表了官方对小说这一文体的认可,以及对其地位的肯定。正如有学者指出:《太平广记》的编纂,客观上是对当时宋人关于小说认识的一次全面检验和实践,而通过这样大规模的对前代文献到底何者为"小说"、何者为"故事"、何者为"文章"的判断甄别,也自然使得"小说"文体观念进一步明确化了。

二是《太平广记》所收集的小说文献,为艺人和作家所取资,促进了小说创作的繁荣。此书所记录的一些故事,因其内容精彩、情节生动而深受民间艺人和小说作家的喜爱与青睐,经常被他们习诵和取用,并作为自己艺术创作的一种源头活水。比如,南宋时期的说话艺人就十分重视《太平广记》这部书,将其作为创作和表演的必备参考书。值得注意的是,宋代艺人和作家对于《太平广记》中的故事材料虽多采择，但并非一味地照抄，而是根据当时社会的价值观念、审美趣味、文化心理进行再创造，这就使得话本小说有了长足的发展。宋代以后，小说的创作也多有取材于《太平广记》的。如明代小说集"三言二拍"中的作品，有一些就是根据《太平广记》的材料加工而成的；又如《喻世明言》中《葛令公生遣弄珠儿》，根据的就是《太平广记》卷一七七"葛从周"条；等等。由此看来，说《太平广记》是古代小说的一座宝库也不为过，它促使中国古代小说的创作走向繁盛。

三是《太平广记》中保存的小说文献，为后人从事相关整理和研究提供了极大便利。这一点在前面略有提及。由于中国古代社会对小说这种文体不重视，使得古代小说作品难以很好地保存。如果没有《太平广记》这部书，很多小说恐怕今天早已看不到了。后世学者正是利用了这部类书，辑录出不少早已失传的小说作品。像《殷芸小说》，本是南朝人殷芸编纂的一部小说集，唐时还有流传，但到了明代已经亡佚。二十世纪初，鲁迅先生据《太平广记》进行了辑录，收在《古小说钩沉》中。又如，二十世纪三十年代，汪辟疆先生编《唐人小说》，也多得益于《太平广记》这部书。

除了在小说方面，《太平广记》对我们研究古代社会史也有一定价值。《四库全书总目》中就指出："其书虽多谈神怪，而采摭繁富，名物典故，错出其间，词章家恒所采用，考证家亦多所取资。"可见，《太平广记》的价值，并不局限于文学，而是扩大到了社会史的领域。即使单就小说而言，小说也是社会现实的一面镜子，它能从侧面或者曲折地反映比较广阔的社会现实。近年来，学者日益发现《太平广记》中包含了大量不见于其他史籍记载的社会史资料，诸如阶级关系、社会经济、生活习俗等。这里试举两例：一是《太平广记》卷二四三"何明远"条引《朝野佥载》所记"定州何明远大富主，……家有绫机五百张"，这是说明唐代私营手工业的典型资料。二是该书卷一六五"王叟"条引《原化记》，卷一七二"赵和"条引《唐阙史》等记载，可以说明隋唐五代客、客户、庄户、佃户等不同身份之人的存在和状况。如果能对这些资料善加利用，则对中国古代社会史的研究是大有裨益的。

经典诵读：《太平广记》选读

杨　素

陈太子舍人徐德言之妻，后主叔宝之妹，封乐昌公主，才色冠绝。德言为太子舍人，方属时乱，恐不相保，谓其妻曰："以君之才容，国亡必入权豪之家，斯永绝矣。傥情缘未断，犹冀相见，宜有以信之。"乃破一镜，各执其半。约曰："他日必以正月望卖于都市，我当在，即以是日访之。"及陈亡，其妻果入越公杨素之家，宠嬖殊厚。德言流离辛苦，仅能至京。遂以正月望访于都市。有苍头卖半镜者，大高其价，人皆笑之。德言直引至其居，予食，具言其故，出半镜以合之，乃题诗曰："镜与人俱去，镜归人不归。无复嫦娥影，空留明月辉。"陈氏得诗，涕泣不食。素知之，怆然改容，即召德言，还其妻，仍厚遗之。闻者无不感叹。仍与德言陈氏偕饮，令陈氏为诗曰："今日何迁次，新官对旧官。笑啼俱不敢，方验作人难。"遂与德言归江南，竟以终老。

陈朝太子舍人徐德言的妻子是后主叔宝的妹妹乐昌公主，才貌极为出色。徐德言当太子舍人之时，正赶上陈朝衰败,时局很乱,无法保证国家和个人的安全。徐德言对妻子说:"以你的才华和容貌,如果国家亡了,你一定会落到有权有势的富豪人家,恐怕我们会永远分离。倘若我们的缘分没断,还能相见,应该有一个信物为证。"于是徐德言折断一面铜镜,夫妻两人各拿一半。他又同妻子约定说:"将来你一定要在正月十五那一天将镜子在街上出售,如果我见到了,就会在当天去找你。"等到陈朝灭亡了,徐德言的妻子果然流落到越公杨素的家里,杨素对她非常宠爱。徐德言流离失所,好不容易才来到京城。他于正月十五这天到市场上寻找,果然有一个老头出售一面只剩一半的镜子,而且要价非常高,人们都嘲笑他。徐德言将老人带到自己的住处,给老头食物,讲述了自己的经历,并拿出自己那一半镜子和老头卖的那一半镜子合在一起,又在镜子上题了一首诗:"镜与人俱去,镜归人不归。无复嫦娥影,空留明月辉。"乐昌公主陈氏看到题诗以后,哭哭啼啼地不肯吃饭。杨素了解情况以后非常伤感,派人将徐德言找来,决定将妻子还给他,并送给他们许多钱物。听说这件事的人没有不赞叹的。杨素设酒宴为徐德言和陈氏饯行,并叫陈氏也作了一首诗:"今日何迁次,新官对旧官。笑啼俱不敢，方验作人难。"然后陈氏和徐德言回到了江南，一直白头到老。

贾 逵

汉贾逵五岁，神明过人。其姊韩瑶之妇。瑶无嗣，而妇亦以贞明见称。闻邻里诸生读书，日抱逵隔篱而听。逵静听无言，姊以为喜。年十岁，乃暗诵"六经"。姊谓逵曰："吾家穷困，不曾有学者入门，汝安知天下有《三坟》《五典》，而诵无遗句邪？"逵曰："忆姊昔抱逵往篱下，听邻家读书，今万不失一。"乃剥庭中桑皮以为牒，或题于扉屏，且诵且记。期年，经史遍通。门徒来学，不远万里，或襁负子孙，舍于门侧。皆口受经文。赠献者积廪盈仓。或云：贾逵非力耕所得，诵经口倦，世为舌耕。

汉朝的贾逵五岁的时候就聪明过人。他的姐姐是韩瑶的妻子。韩瑶没有儿子，而贾逵的姐姐又以贞节贤明著称。她听到邻居家的孩子们读书，便每天抱着贾逵隔着篱笆去听。贾逵静静地听别人读书，一句话也不说，姐姐很高兴。贾逵十岁的时候，就会背诵《诗》《书》

《礼》《乐》《易》《春秋》六经。姐姐对他说："我们家很贫穷，从来没有学者上门，你是怎么知道天下有《三坟》《五典》等书籍，并且背诵得一句不差的？"贾逵说："当初姐姐抱我在篱笆下听邻居家孩子读书，我便记住了，所以如今能一句不差地背诵下来。"贾逵剥下院子里桑树的皮当作纸张，或者将字写在门扇或墙壁上，一边写一边记。一年以后便把各种经典著作和历史书籍全都读了一遍。这时各地的学生不远万里来向他拜师学习，还有人背着子孙在门侧听他讲学。贾逵认真地教这些学生读书。听讲的人赠送的钱物和粮食装满了仓库。人们说："贾逵不是用力气耕田种地来取得收获，而是用嘴讲授经史，一辈子用舌头耕种。"

八 《茶经》：世界现存最早的"茶叶百科全书"

中国是世界上最早饮茶和大规模种植茶叶的国家。1753年出版的由瑞典科学家卡尔·冯·林奈（Carl von Linne）所著的《植物种志》，就将茶树的最初学名定为Thea Sinensis，Sinensis在拉丁语中是"中国"的意思。此外，大多数学者还认为茶的原产地在中国而不是印度。可以说，茶的种植和利用是我国对人类的重大贡献。围绕着茶形成了一系列与之相关的文化体系，即所谓的"茶文化"。茶文化与中华民族传统文化内涵密切相连，体现着民族意趣、民族心态、风俗习惯以及生活方式。在茶文化中，有一本至关重要且影响深远的著作，那就是唐代陆羽的《茶经》，它是中国乃至世界现存最早、最完整、最全面介绍茶的一部专著。

陆羽为什么能够写成《茶经》

陆羽能够写成《茶经》，首先是与当时的时代环境分不开的。唐代是我国茶叶生产和饮茶风习大发展的时代。唐以前，我国产茶地区和饮茶风俗主要是在南方。到了唐玄宗开元年间，北方饮茶随着佛教禅宗的兴起而盛行起来，北方盛行饮茶的风气极大地促进了南方茶叶生产和南北茶叶贸易的迅速发展。当时，茶叶产量与全国人口平均茶叶消费水平都是相当高的。唐代茶叶经济的繁荣，是陆羽能够写出《茶经》的社会基础。据《茶经》的不完全统计，当时已有八个道（或可称为茶区）、四十三个郡、四十四个县生产茶叶。

另外，唐代儒释道三家融合为《茶经》的产生注入了文化基因。晋代左思《魏都赋》中有"壹八方而混同，极风采之异观"一句，可以说是对唐文化影响深远的生动写照。在唐代，茶成为沟通儒释道三家的媒介。儒家以茶修德，道家以茶修心，佛家以茶修性，都是通过茶净化思想，纯洁心灵。具体而言，儒家主张在饮茶中沟通思想，创造和谐气氛，增进友情；各家茶文化精神也都是以儒家的"中庸"为前提的。佛教强调"禅茶一味"，以茶助禅，以茶礼佛，在从茶中体味苦寂的同时，也在茶道中注入佛理禅机，有助于茶人的修身养性。道家学说则为茶道注入了"天人合一"的哲学思想，在为茶道树立灵魂的同时，还提供了崇尚自然、崇尚朴素和重生、贵生、养生的思想。陆羽的《茶经》正是吸收了儒、释、道三家的思想精华，他创立的茶道以"中和"为本，是中国儒、释、道三家优秀文化思想的集结。

再有，唐代文人士子对茶的推崇，并由此形成的茶文化圈为陆羽《茶经》的写作提供了文化土壤。唐代文人常常以茶会友，以茶传道，以茶兴艺，使茶饮习俗在文人生活中的地位大大提高，使茶的文化内涵更加深厚。文人学士深得茶之益处——可以清醒头脑，增强思维能力，易来灵感，于是他们争相讴歌茶事。像孟浩然、王昌龄、李白、元稹、白居易等人，都留下了许多脍炙人口的茶诗，内容涉及名茶、茶人、煎茶、饮茶、茶具、采茶、制茶等各个方面。可以说唐代文人品茶，已经超越口腹的满足，而上升到从审美的角度来品赏茶的色、香、味、形，强调的是心灵感受，追求天人合一的最高境界。而这种境界正是陆羽所追求并体现于《茶经》中的。

除了外部因素外，陆羽的人生经历，也是他能够写出《茶经》的一个重要因素。陆羽（约733—804），字鸿渐，一名疾，又字季龙，自称桑宁翁，又号竟陵子，世称陆文学。复州竟陵（今湖北天门）人。在《新唐书》《文苑英华》《唐才子传》和《全唐文》中，都有他的传记和介绍。

据记载，陆羽本是一个弃婴，后被龙盖寺智积禅师收养。他识字后刻苦攻读儒家典籍，因此违反了寺中只许读佛经的规定，于是被罚做各种劳役数年。其间他做过汲井烹茶，又服侍师父与宾客品茶斗茗，通过耳濡目染，学到了许多茶事，并熟悉了烹茶技艺，自己也逐渐成为一个嗜茶的人。由于陆羽不愿皈依佛门，最终逃出寺院当了伶人。他诙谐善辩，所编剧本也极受欢迎，颇显才华。一个偶然的机会，他得到了竟陵太守的赏识，被介绍到天门西北火门山跟邹夫子学习。这期间，他经常为老师煮茗烹茶。二十岁左右，他借机出游，先后游历了襄、荆、峡州等茶区，考察了当地的茶叶生产。不久，安史之乱爆发，陆羽不得不远离故乡，其间他遍历长江中下游和淮河流域，考察、搜集了有关茶叶生产和其他茶事的资料。公元760年，陆羽在盛产名茶的湖州苕溪结庐隐居，并以此地为据点，每年都背着采制茶叶的工具前往湖、苏、常、润、杭、越等州的深山中采制春茶，向茶农学习经验，考察茶叶生产。他随时将游历考察时的见闻记录下来，同时在实践中丰富自己的茶叶知识和制茶烹茶技能，这无疑为他写作《茶经》奠定了坚实的基础。

为了总结茶叶生产和制茶、烹茶的相关技术经验，以及满足茶叶生产者和消费者的需要，陆羽决心总结自己半生的饮茶实践和茶学知识写出一部茶学专著，这就是《茶经》初稿。后来，陆羽在实践的基础上，又对《茶经》初稿作了一次补充修订，尤其是对书稿中"七之事"作了增订。于是就有了我们目前看到的《茶经》，它是世界现存最早、最完整、最全面的茶学专著。

《茶经》是经吗

陆羽的《茶经》系统地总结了唐代以前劳动人民有关茶叶的丰富经验，用客观科学的态度，对茶树的原产地、茶树的形态特征、适宜的生态环境，以及茶树的栽培、茶叶的采摘、加工方法、制茶工具、饮茶器皿和饮用方法、茶叶产地分布和品质鉴评等方面作了形象生动的描述和深刻细致的分析，堪称是一部中国古代的"茶叶百科全书"。

具体而言，《茶经》共分三卷，十章。

第一卷的"一之源"，主要讲述了茶的起源，茶的性状、名称和品质。陆羽首先肯定了茶树是我国南方的优良树种，指出当时在巴山峡川（今四川东部及湖北西部山谷）一带有高达几十尺、主干粗到两人合抱的大茶树，这也是世界上对野生大茶树的最早记载。对茶的用途，陆羽首先认为它是一种饮料："茶之为用，味至寒，为饮最宜。"对于茶树的形态特征，他巧妙地采用比较的方法加以说明，如"其树如瓜芦，叶如栀子，花如白蔷薇，实如棕榈，蒂如丁香，根如胡桃"。陆羽还研究了植物和环境之间关系，指出：茶树生长因土质的不同，所制出茶叶的品质也是有优劣之分的。"二之具"，主要讲述了采茶、制茶的用具。"三之造"，主要论述了茶叶的种类和采制方法。在这两部分中，陆羽具体描述了十六件茶叶的采制工具，就用途来说，可分为采茶工具（一件）、制茶工具（十三件）、贮茶工具（两件）三类。书中所说的蒸气杀青和某些制茶工具，至今在国内有的制茶工业中仍在使用。

第二卷的"四之器"，主要介绍了煮茶、饮茶使用的各种器皿的制作、使用方法，以及对茶汤品质的影响。如用生铁铸成的釜（即锅），在铸造时要"内抹土而外抹沙"。在内抹土，土细锅内部就光滑，容易磨光和洗涤；外抹沙，沙粗可以使锅外部粗糙，有利于吸收火焰的热力。从这点可以看出，如果不是具有丰富实践经验的人，是很难有这样的认识的。

第三卷的"五之煮"，讲述了沏茶的方法、各地的水质。其中提到用水时说："山水上，江水中，井水下。其山水，拣乳泉石池慢流者上。"实践证明的确如此。因水源不同，水中所含的矿物质就不同，所沏茶汤的色、香、味也就不一样。"六之饮"讲述了饮茶的风俗习惯和历史。比如据陆羽考证我国饮茶的历史开始于神农氏，历经商周而至秦汉、三国、两晋，流传日益广泛，逐渐形成风气，到唐代时达于极盛。当时，茶的种类已有粗茶、散茶、末茶、饼茶等多种。"七之事"是《茶经》中篇幅最大的一章，这一章汇集了我国古代茶事的相关记载四十七则，征引的文献达四十五种。其主要内容有训释茶义、称道茶效、讲饮茶故事、记茶叶产地等，使我们学到了很多历史上关于茶事的知识。"八之出"中陆羽把唐代时我国茶叶的产地和茶叶品质的优劣作了全面的叙述和比较。《茶经》中列举当时产茶的省份有湖北、湖南、河南、安徽、浙江、江西、福建、四川、贵州、广东、广西等11个，其中比较著名的茶区有四十多处，对各茶区所产茶叶优劣的论述，是我们今天研究茶区的演变和茶叶品质变化的珍贵资料。"九之略"阐述了在深山、野寺、泉涧边、岩洞里等特殊环境下造茶、煮茶可以省略的一些加工过程和茶具、茶器。"十之图"是让人用绢分写《茶经》全文加以悬挂,以便目见而记用。

现代价值

首先,《茶经》总结了关于茶叶的科学性、规律性的知识,并使之系统化、理论化,加之作者陆羽的实践经历,可以说它是一部理论联系实际的名著,因而得到了古今中外的极高评价,陆羽也因此被尊称为"茶圣""茶神""茶学祖师"。正如宋代诗人梅尧臣诗中所说:"自从陆羽生人间,人间相学事新茶。"这是对陆羽及其《茶经》的高度肯定和评价。

如今,《茶经》仍对现代茶学有借鉴的价值。像《茶经》论述茶树与土壤的关系时指出"上者生烂石,中者生砾壤,下者生黄土",现代研究结果与这一观点基本吻合。就茶的采制而言,《茶经》明确指出春茶为上,"凡采茶,在二月、三月、四月之间",现在名茶的采制时令，一本此说。湖北恩施所产玉露茶的蒸青制法，仍与《茶经》中"蒸之、捣之、拍之、焙之、穿之、封之，茶之干矣"一说相同。另外，《茶经》中对于烹茶用水、饮茶用具的要求，也都是相当科学的。

其次，《茶经》一书已将茶融合于道德和礼仪修养的境界中，在茶味中让人感受到修身养性的人生回味，这体现了民族传统文化中的人文精神。《茶经》"七之事"中列举了不少有关修身俭德的事例，均以茶德来倡导人们要崇俭清廉，这也使茶成为节俭戒奢和廉洁的象征。唐末刘贞亮提出"茶十德"，将其提升到"以茶利礼仁，以茶表敬意，以茶可行道，以茶可雅心"的境界，即设定了人文精神的目标，引导人们去追求高雅并规范人的修养。宋徽宗赵佶所著的《大观茶论》说茶能"祛襟涤滞，致清导和"，"冲淡闲洁，韵高致静"。这些都是受了《茶经》的启示。明代的李贽因品茶感悟而作《茶夹铭》，表达了"啜苦励志，咽甘报国"的价值观和高洁情怀。当代茶圣吴觉农在自述中说："不求功名利禄升官发财，不慕高堂华屋锦衣美食，不沉溺于声色犬马灯红酒绿，勤勤恳恳，埋头苦干，廉洁自守无私奉献，具有君子的操守。"这就是茶人的品格，也是《茶经》所倡导的要从茶性中提高自身修养。

再次,《茶经》还把中华优秀传统文化中的"万邦和谐""天地自然、五行和谐"的理念融入其中,寻求人与自然、人与人、人与社会的和谐统一。《茶经》在"四之器"中精心设计的烹茶、品饮的二十四种茶器,就体现了和谐统一的思想。比如风炉,为生火煮茶之用,其构思十分巧妙,设计理念主要来自茶道中的中庸思想,根据《易经》中的象数原理确定尺寸和外形,并运用坎、巽、离三个卦象,代表水、风、火。炉内设三格,各绘三卦的寓意图样,表明"风能兴火,火能煮水"这一自然和谐的理念。应该说,陆羽之所以能够得到历代文人、社会贤达的认同,很大程度上是由于其所著《茶经》中体现着儒家中庸和谐的思想,陆羽将茶道与和谐圆融的思想相结合,成为后世历代茶书的写作思路。后来,人们把饮茶概括为"清、和、淡、静"四个字,这四个字正体现着一种和谐的境界。

最后,《茶经》对世界茶文化的发展也有很大影响。英国人威廉·乌克斯在《茶叶全书》中说:"中国学者陆羽著述第一部完全关于茶叶的书籍,于是在当时中国农家以及世界有关者，俱受其惠。"我们都知道中国有条丝绸之路，其实还有茶叶之路。学者公认在南北朝时期就开始有了茶叶贸易，到唐代开始大量以马易茶，这就是著名的"茶马互市"，茶叶由此向西亚和阿拉伯国家运输。另外，早在唐代时，通过使臣互访、朝贡贸易、僧侣来华等，《茶经》及中国茶文化便逐步传入朝鲜和日本。宋代时，日本僧侣荣西留学中国学习禅宗，并写成《吃茶养生记》一书，使饮茶习惯普及到日本民众。后来，日本僧人千利休提出"和、敬、清、寂"为日本茶道的基本精神，并将其作为修身之法，其根源就来自《茶经》中庸和谐的基本精神。相较于日本，《茶经》在欧洲产生影响要到17世纪之后，并被陆续翻译成英、德、法、意等多种文字。《茶经》流传欧洲后，不仅出现了许多模仿它的茶文化专著，而且各国结合自己的风俗形成了"变异"的中国茶道。这种"变异"呈现出跨文化交流中十分有趣的会通，同时又能看出中国传统文化在"他者"眼中的形象。像法国饮茶者俱乐部创始人吉勒·布罗沙尔就认为："茶是一种最富有诗意的饮料，饮茶也是一种文化和一种人人都可以从中受到熏陶的利益。"

经典诵读:《茶经》选读

茶者,南方之嘉木也。一尺、二尺乃至数十尺。其巴山峡川,有两人合抱者,伐而掇之。其树如瓜芦,叶如栀子,花如白蔷薇,实如栟榈,蒂如丁香,根如胡桃。……其名,一曰茶,二曰槚,三曰蔎,四曰茗,五曰荈。其地,上者生烂石,中者生砾壤,下者生黄土。凡艺而不实,植而罕茂,法如种瓜,三岁可采。野者上,园者次。阳崖阴林,紫者上,绿者次;笋者上,牙者次;叶卷上,叶舒次。阴山坡谷者,不堪采掇,性凝滞,结瘕疾。茶之为用,味至寒,为饮,最宜精行俭德之人。若热渴、凝闷,脑疼、目涩、四肢烦、百节不舒,聊四五啜,与醍醐、甘露抗衡也。(《茶经·一之源》)

茶,是我国南方地区的优良树木。它高一尺、二尺,有的甚至高达几十尺。在巴山、峡川一带,有树干粗到两人合抱的,要将树枝砍下来,才能采摘到茶叶。茶树的树形像瓜芦,叶形像栀子,花像白蔷薇,种子像棕榈子,蒂像丁香,根像胡桃。……茶的名称有五种：一称茶，二称槚，三称蔎（shè），四称茗，五称荈（chuǎn）。种茶的土壤，以山石间积聚的土壤为最好，砂壤土次之，黄泥土最差。一般说来，茶苗移栽的技术掌握不当，移栽后的茶树很少长得茂盛。种植的方法像种瓜一样，种后三年即可采茶。茶叶的品质，以山野自然生长的为好，在园圃栽种的较次。在向阳山坡、林荫覆盖下生长的茶树，芽叶呈紫色的为好，绿色的差些；芽叶外形细长如笋的为好，芽叶展开如牙板的差些；芽叶边缘反卷的为好，叶面平展的差些。生长在背阴的山坡或山谷的茶树品质不好，不值得采摘。因为它的性质凝滞，喝了会使人生腹中结块的病。茶的功用，它的性味寒凉，作为饮料，最适宜品行端正有节俭谦逊美德的人。如果发烧、口渴、胸闷，头疼、眼涩，四肢无力、关节不畅，喝上四五口，其效果与最好的饮料醍醐、甘露不相上下。

九 "三言"：
中国古代短篇小说的宝库

冯梦龙和他的文学观

"三言"是明代通俗文学家冯梦龙纂辑的三部短篇小说集《喻世明言》《警世通言》《醒世恒言》的合称，是明代通俗小说的代表作。

冯梦龙生于明万历二年（1574）的苏州府长洲县（今江苏苏州）。当时的苏州，是一个繁华富庶的商业和手工业城市，这里的丝织业相当发达，出现了"机户出资，机工出力"的生产关系，出卖劳动力的机工，"什百为群，延颈而望"，等待机户的雇用。在纵横交叉的河道里，往来穿梭的船只络绎不绝，有装着南北杂货的货船，有载着新稻谷的农船，也有两层楼高的官船。在主要的街道上，开设着米行油店、茶馆酒肆，街头比较宽阔的地方，还有看相、打拳、说唱的场子。总之，商品经济的繁荣，促进了市民阶层的崛起，从而为话本小说以及民间通俗文学的发展提供了条件。冯梦龙正是生活在这样一种环境中，这对他的文学观有着很大影响。

《苏州府志》中对冯梦龙有一个简单的记载："冯梦龙，字犹龙，才情跌宕，诗文丽藻，尤明经学。崇祯时，以贡选寿宁知县。"又根据其他史料，我们可以得知，冯梦龙从小受的是系统的儒家教育，像其他读书人一样，研读"四书五经"，应科举，以求仕途。其间，他还出入于歌场酒楼，有机会更多地接触市民生活，看到听到不少东西，对其编写通俗小说、收集民间歌谣，有着很大帮助。他的两本民歌集——《挂枝儿》《山歌》就是在这个时候收集而成的。

冯梦龙还是"复社"的成员之一。复社，是当时江南地区部分文人组织起来的一个政治文学社团，中心就在苏州。它主张"兴复古学，务为有用"，标榜读书要"致君泽民"，付之实用。

冯梦龙的科举之路是不太顺利的，崇祯三年（1630），五十七岁时才考取了贡生，六十一岁时做了福建寿宁知县。据《寿宁县志》记载，冯梦龙是一个好官，他在任期间"政简刑清，首尚文学，遇民以恩，待士以礼"。崇祯十一年（1638）年离任，回到了家乡。

1644年，李自成攻陷北京，明朝灭亡；不久，清军入关，建立了清朝统治。此时，冯梦龙已经是七十一岁的老人了。他对于明朝灭亡一事痛心疾首，于是收集了不少"揭帖""塘报"，编了一部《甲申纪事》，在慨叹明朝灭亡的同时，批评了腐败无能的官吏和将帅，并提出改革的建议，为的是给福王朱由崧建立的南明朝廷提供借鉴。然而，事与愿违，福王朝廷依然腐朽，终至灭亡。1646年，七十三岁的冯梦龙去世。

冯梦龙一生，为官时间不长，他的主要精力都放在了著述上。据统计，冯梦龙的著作有五十余种，有的完全是冯梦龙自己的创作（如传奇中的一部分、诗集、应举书），有的是将当时流行的作品加以整理而成（如大部分长篇小说和短篇小说），有的是改订他人的作品（如大部分传奇），有的是将流传于民间的口头文字加以记录整理（如民歌、笑话），有的是将历史文献中的资料分类编辑（如笔记小品），还有的是当时各种资料的汇编（如《甲申纪事》等史实类作品）。这些著作中的大部分都是通俗文学或民间文学作品，涉及了当时通俗文学的各个方面，所以有人称冯梦龙是"全能"的通俗文学家。而这些通俗文学作品中的代表就是"三言"。

冯梦龙之所以热衷于通俗文学的编辑和创作，既与他所处的时代环境有关，还与他的文学观有密切联系。

明初文坛流行着一种"台阁体"的文章，追求华丽的形式，而没有有价值的内容。明代中期开始，就出现了一场反对这种颓废文风的运动，主张写作要抒发自己的个性和情感，作品要有创造性和真实感，同时非常重视适合大众的通俗文学的写作和对民间作品的收集。冯梦龙也是具有这种改革主张的人，他在通俗文学和民间文学方面，有着独到的见解。

首先，冯梦龙认识到文学艺术的社会意义和教育作用。他认为，好的小说应该能够使"怯者勇，淫者贞，薄者敦，顽钝者汗下。虽日诵《孝经》《论语》，其感人未必如是之捷且深"。像《喻世明言》《警世通言》《醒世恒言》这"三言"，书名的意思是"明者，取其可以导愚也。通者，取其可以适俗也。恒则习之而不厌，传之而可久。三刻殊名，其义一耳"。可见，其主要目的还是想通过这些小说，劝喻世人，警诫世人，唤醒世人。

其次，冯梦龙说"虽日诵《孝经》《论语》，其感人未必如是之捷且深"，原因在于《孝经》《论语》这些儒家经典文义较深，非一般市民所能读懂和理解，而文学则是百姓喜闻乐见的一种体裁。由此，他强调文学作品要通俗化，要适合市民百姓的认知，他专注于创作、搜集、整理、编辑通俗文学作品，就是对这一思想的实践。当然，冯梦龙主张的通俗化，并不是一味迎合读者的低级趣味，相反，他是主张"不害于风化，不谬于圣贤"的，这就是我们今天所说的高雅的俗文学。

应该说，冯梦龙的文学观是有进步意义的，他的作品能够为后世所认可，与此有着很大关系。

"三言"里的智慧

从唐代开始，就流行着一种叫作"说话"的艺术。所谓"说话"，就是讲故事。

到了宋代，这种"说话"的艺术更为盛行，"说话"艺人不仅活跃在街坊茶肆，就是在皇家的"供奉局"里，也有专门为皇帝"说话"的艺人。当时"说话"的内容，共有四种。第一种是"讲史"，讲述春秋战国、三国、隋唐等前朝兴替战争等长篇历史故事；第二种是"小说"，讲述世态人情、悲欢离合等短篇社会故事；第三种是"讲经"，是关于佛教等的宣传；第四种叫"合生"，即由听众临时出题，说话人即席吟咏有双关含义的诗句。

为了便于开讲和授徒，说话人往往会把"说话"的底稿记录整理出来，这就是所谓的"话本"，意思是说话时用的底本。起初，这个话本内容比较简单，只起到备忘录的作用,类似于今天的提纲,临到开场讲说时,由说话人"各运匠心,随时生发"。后来,随着反反复复的讲说,话本不断得到补充和丰富,再加上一些文人的润色和加工,便成为可以阅读的一种独特体裁的小说。后来,还出现一种模拟"话本"的形式而创作的"拟话本",它不是供艺人"说话"之用,而是给一般读者阅读欣赏的。

"小说"所用的话本,大都发展成为短篇小说。这种短篇话本小说,起初是一本一个故事,比较零碎和单薄。为了便于阅读,有人便将其汇集起来,刻印出版,这就是短篇小说选集或总集。

冯梦龙家中收藏有不少宋、元、明时期的话本,他花了不少精力,选出四十篇,进行编辑加工,先出版了一种,名叫《古今小说》。后来,又继续编辑出版了两种,共计三种一百二十篇,并将《古今小说》作为三部的总书名,而这三部书则分别叫作《喻世明言》《警世通言》《醒世恒言》。据考证,《喻世明言》出版时间最早,大约在明天启元年(1621)前后;其次是《警世通言》,在天启四年(1624)出版;最后是《醒世恒言》,在天启七年(1627)出版。

"三言"所包含的故事，题材十分广泛，有写男女爱情的作品，有写朋友亲戚间互相帮助的侠义行为的作品，有揭露官僚地主僧道罪恶的作品，有写复杂的诉讼案件的作品，有写封建社会中少数人由贫贱到富贵的作品，有写神仙灵怪妖异的作品，有写文人雅士逸事的作品，等等。这些题材，基本反映了当时社会上各个阶层和各方面的生活场景，特别是对于城市生活的面貌，有着较多的描绘。

应该说，这一百二十篇作品是宋、元、明时代"说话"艺人和文人加工整理的集体劳动成果，其中有宋、元时代的话本，也有明代的话本或拟话本。有一些作品，已经见于较早的话本集中，或者其中有些故事情节在宋代有关书籍中就有记载，一般可以肯定它们是宋代的作品。有一些写明代故事的，可以肯定是明代人的作品。但也有相当一部分作品，很难判断它们的写作年代，比如《醒世恒言》中的《一文钱小隙造奇冤》一文，有人认为是元、明间的作品，有人认为是明末的作品，或是冯梦龙本人的创作。作为一般读者，我们只需欣赏作品即可，对这些问题似不必深入探讨。

"三言"差不多将当时流行的优秀话本全都收集了，

与冯梦龙同时代的凌濛初在《初刻拍案惊奇》的序中就说："三言"已经把"宋元旧种,……搜括殆尽",即使有"一二遗者",也是"沟中之断芜"。这是符合实际情况的。冯梦龙基本上完成了对此前话本的汇总整理工作,因此,我们可以将"三言"看作我国古代短篇小说的宝库。

艺术特色及影响

"说话"艺术之所以有魅力,能产生强烈的艺术效果,除了凭借语言技巧、动作表情的感染力之外,还要靠曲折动人的故事情节,紧紧扣住听众的心弦。而曲折动人的故事情节,也是"三言"的艺术特色之一。笑花主人在《今古奇观》的序文中说："喻世、警世、醒世三言,极摹人情世态之歧,备写悲欢离合之致,可谓钦异拔新,洞心骇目。"说明这些故事的题材,都是现实生活中的人情世故、悲欢离合,而作者能够从现实生活的各个方面,选取最富有意义、最生动的情节。所谓人情世态之歧、悲欢离合之致,也就是最典型、最突出、最动人心弦的事件。作者把原始材料进行巧妙安排,合理剪裁，在较短的篇幅中，包含着丰富的社会内容，极具生活的真实感，因此达到了"钦异拔新，洞心駴目"的艺术效果。

《警世通言》中《玉堂春落难逢夫》一篇，两万余字，可以说是具有曲折动人的故事情节的优秀短篇小说。这个故事，回环曲折，事态的变化发展，强烈地吸引着读者的关注。故事中写公子和玉堂春的爱情，写老鸨逼迫公子而玉堂春对公子百般维护，写玉堂春在大街上与老鸨的公开评理，写王公子对案情的察访，均有声有色，令人痴迷。

需要指出的是，这些故事情节虽然复杂，但头绪并不纷繁。因为话本小说需要照顾听众或读者的理解力，要把故事组织得有头有尾，条理分明，结构严谨。中间的纠纷变化，能一一交代清楚。它没有现代小说中情节的突变和省略，没有事件发展的中断和飞跃，没有场合环境的陡然转换，而是始终沿着一个线索，有条理、清晰地叙述下去，不轻易遗漏重要的情节，而让读者产生疑虑和猜测。

"三言"的第二个艺术特色是丰满生动的人物形象。一百二十篇作品，写到的主要人物有四五百人之多，许多人物的性格在故事的发展中表现得非常鲜明、突出，具有典型性。

我们读"三言"，一批妇女形象会给人留下很深的印象。比如杜十娘，她虽生活在"泥沼"之中，却始终保持着纯洁的心灵，她一旦掌握自己的命运，就绝不甘再次受人侮辱，当美好的希望破灭时，她宁愿反抗而死，也不肯忍辱偷生，表现出了强烈的反抗精神。又如勤劳聪慧、爱憎分明的养娘璩秀秀，忍苦成夫、任劳任怨的婢女白玉娘，热情勇敢、诚挚志坚的玉堂春，出身虽低但操行高洁的金玉奴，矢志不渝、威武不屈的船家女刘宜春，等等。这些妇女所具有的品格和精神，无疑受到了当时人们的尊重和赞扬。

"三言"中还描绘了一群城市平民的形象，如忠厚老实、待人诚恳的卖油郎秦重；冲破贞节观念的羁绊，和爱妻团圆的行商蒋兴哥；拾金不昧、救人之危的个体劳动者施润泽、朱恩；手艺高超、勤俭老实的碾玉匠崔宁；谨小慎微、胆小怕事的仆役张主管；年轻热情的酒家子范二郎；技艺高超的木工张权；还有各种小买卖人、读书人、店员；等等。从这些人身上，我们能够了解到当时社会中平民的生活和思想，了解他们的喜悦和悲苦。应该指出,"话本"和"拟话本"本身就是给市民阶层欣赏和阅读的,众多的平民形象,可以拉近读者与文本之间的距离,让读者感到就是在写自己身边的故事,自然能够产生很好的艺术效果。

此外,"三言"中还揭露了封建剥削阶级的卑鄙、刻毒、贪婪和丑恶。如《醒世恒言》中《隋炀帝逸游召谴》一文,揭露了帝王奢靡的生活;《喻世明言》中《木绵庵郑虎臣报冤》一文,写的是奸臣贾似道的一生。另外,"三言"还有阴险毒辣的官吏路楷、杨顺,装腔作势、骗取钱财的滕大尹,草菅人命的临安府尹,强占人财的宦家子张委,恩将仇报的房德夫妇、桂员外,忘恩负义的莫稽,杀人越货的强盗徐能,等等。

"三言"的第三个艺术特色是以现实主义为基础的创作方法。作者们在进行创作时,基本上采用的是现实主义的创作方法,他们认真、细致地观察社会,抓住具有典型意义的事实,描绘了客观世界的图画,既符合现实生活的真实,又不是生活现象的简单记录。像《喻世明言》中《沈小霞相会出师表》一文,前半段出自《明史·沈炼传》,后半段出自《明十六种小传》,说明作者十分注意反映历史事实,同时,作者还根据小说的需要，塑造了符合当时社会现实的某些次要人物，如张千、李万这两个差役。故事中的某些情节，史书中记载得相对简单，作者则根据事件发展的态势，进行了推演和想象，从而将故事完整、生动地呈现在了读者面前。

关于"三言"的艺术特色，还应该提及的就是冯梦龙对于"三言"的贡献。"三言"中的作品，一般认为只有《警世通言》第十八卷《老门生三世报恩》一篇为冯梦龙所写，冯氏给毕魏传奇戏《三报恩》所写的序言中说："余向作《老门生》小说。"是为证据。因此，对于"三言"，冯梦龙的功绩主要在于他所做的一番收集和整理工作。他的加工首先是对有些原来内容鄙陋、艺术粗糙的作品进行改写，有的甚至等同于重新创作，从而使故事有了一定的积极意义。此外，冯梦龙在整理的过程中，还对文字做了必要的修订，删去那些适合讲唱而不适合阅读的内容，使其从说话的脚本变成了可以阅读的小说。对于原来长长短短的题目，冯梦龙也进行了调整，使全书体例统一。总之，冯梦龙将一百多篇来自不同渠道的作品，经统一润饰后陆续编入"三言"之中，并融为一体，这是中国文学史上小说话本和拟话本的第一次大结集，冯梦龙的功绩在话本小说史上是举足轻重的。

　　这样一部凝结编者心血的作品，出版后很受读者欢迎。在"三言"的影响下，明末清初的文坛掀起了一个短篇小说收集和创作的高潮。不少文人整理话本，或模拟"三言"的题材和体裁，创作"拟话本"。比如明末凌濛初编的拟话本小说集《初刻拍案惊奇》和《二刻拍案惊奇》（简称"二拍"）就是一例。明末清初时，"三言"还传到了日本，对日本的通俗文学产生了很大影响。

　　"三言"是一座古代短篇小说的宝库，是一笔宝贵的文学、文化遗产，值得我们在取其精华、去其糟粕的基础上，重新审视和阅读。

经典诵读："三言"选读

王安石三难苏学士（节选）

　　海鳖曾欺井内蛙，大鹏张翅绕无涯。

　　强中更有强中手，莫向人前满自夸。

　　这四句诗，奉劝世人虚己下人，勿得自满。古人说得好，道是："满招损，谦受益。"俗谚又有四不可尽的话。哪四不可尽？

势不可使尽，福不可享尽，便宜不可占尽，聪明不可用尽。

你看如今有势力的，不做好事，往往任性使气，损人害人，如毒蛇猛兽，人不敢近。他见别人惧怕，没奈他何，意气扬扬，自以为得计。却不知八月潮头，也有平下来的时节。危滩急浪中，趁着这刻儿顺风，扯了满篷，望前只顾使去，好不畅快。不思去时容易，转时甚难。当时夏桀、商纣，贵为天子，不免窜身于南巢，悬头于太白。那桀、纣有何罪过？也无非倚贵欺贱，恃强凌弱，总来不过是使势而已。假如桀、纣是个平民百姓，还造得许多恶业否？所以说"势不可使尽"。

怎么说福不可享尽？常言道："惜衣有衣，惜食有食。"又道："人无寿夭，禄尽则亡。"晋时石崇太尉，与皇亲王恺斗富，以酒沃釜，以蜡代薪。锦步障大至五十里，坑厕间皆用绫罗供帐，香气袭人。跟随家僮，都穿火浣布衫，一衫价值千金。买一妾，费珍珠十斛。后来死于赵王伦之手，身首异处。此乃享福太过之报。

怎么说便宜不可占尽？假如做买卖的错了分文入己，满脸堆笑。却不想小经纪若折了分文，一家不得吃饱饭，我贪此些须小便宜，亦有何益？昔人有占便宜诗云：

"我被盖你被，你毡盖我毡。你若有钱我共使，我若无钱用你钱。上山时你扶我脚，下山时我靠你肩。我有子时做你婿，你有女时伴我眠，你依我誓时，我死在你后；我违此誓时，你死在我前。"

若依得这诗时，人人都要如此，谁是呆子，肯束手相让？就是一时得利，暗中损福折寿，自己不知。所以佛家劝化世人，吃一分亏，受无量福。有诗为证：

得便宜处欣欣乐，不遂心时闷闷忧。不讨便宜不折本，也无欢乐也无愁。

说话的，这三句都是了。则那聪明二字，求之不得，如何说聪明不可用尽？见不尽者，天下之事。读不尽者，天下之书。参不尽者，天下之理。宁可懵懂而聪明，不可聪明而懵懂。如今且说一个人，古来第一聪明的。他聪明了一世，懵懂在一时。留下花锦般一段话文，传与后生小子恃才夸己的看样。那第一聪明的是谁？

吟诗作赋般般会，打诨猜谜件件精。

不是仲尼重出世，定知颜子再投生。

话说宋神宗皇帝在位时，有一名儒，姓苏名轼，字子瞻，别号东坡，乃四川眉州眉山人氏。一举成名，官拜翰林学士。此人天资高妙,过目成诵,出口成章。有李太白之风流,胜曹子建之敏捷。在宰相荆公王安石先生门下,荆公甚重其才。东坡自恃聪明,颇多讥诮。荆公因作《字说》,一字解作一义。偶论东坡的坡字,从土从皮,谓坡乃土之皮。东坡笑道:"如相公所言,滑字乃水之骨也。"一日,荆公又论及鲵字,从鱼从兒,合是鱼子;四马曰驷,天虫为蚕,古人制字,定非无义。东坡拱手进言:"鸠字九鸟,可知有故?"荆公认以为真,欣然请教。东坡笑道:《毛诗》云:'鸣鸠在桑,其子七兮。'连娘带爷,共是九个。"荆公默然,恶其轻薄,左迁为湖州刺史。正是:

是非只为多开口,烦恼皆因巧弄唇。

十 《闲情偶寄》：中国古代生活的百科全书

"天对地,雨对风。大陆对长空。山花对海树,赤日对苍穹。"《笠翁对韵》是中国古代一部很好的声韵启蒙读物。"笠翁"是明末清初文学家、戏剧理论家和美学家李渔的号。李渔一生著述颇丰,其中《闲情偶寄》一书是他的得意之作。

李渔其人

李渔,原名仙侣,字谪凡,号天徒,后改名渔,字笠鸿,又号笠翁。祖籍浙江兰溪,生长于江苏如皋。其著作上常署新亭樵客、觉世稗官、觉道人、笠道人、随庵主人、湖上笠翁之名。

李渔生于明万历三十九年(1611),卒于清康熙十九年(1680),一生跨越明清两代。出身于药商家庭的他,自幼与市民阶层接触密切,这对其人生观的形成有很大影响。然而,由于经历了明清易代的社会动荡和战乱之苦,李渔原本不错的家境逐渐衰落。早年他尚存入仕之心,但几次乡试均落第,遂打消此念。为了生计,他逐渐过上了卖文为生的日子。后来他移家杭州,与当时的名流过往甚密。由于其文名不断扩大,后来又家设戏班，到各地演出，他的生活境况逐渐好转，更从中积累了丰富的戏曲创作和演出经验，提出了较为完善的戏剧理论体系。

康熙元年（1662），李渔告别杭州，来到了文人荟萃、虎踞龙盘的六朝古都金陵（今江苏南京）。他先在金陵闸暂居了一段日子，后来购得一屋，取名为"芥子园"。此时，李渔一家连同仆人少说也有几十口，为了维持一家人的衣食需求，他不得不常常外出"打抽丰"。"打抽丰"是明清时代风行的一种社会现象，就是一些未曾做官的文人，凭借自己在文艺上的某些特长，出入公卿之门，以求得到馈赠；公卿也借这班人来获取美名。李渔为达官贵人赋诗撰联、谈文说艺、写曲演戏、设计园亭，并把他们的书信、文案等选编出版，从而获得了丰厚的馈赠和资助。

此外，李渔与古代许多文人一样，不仅读万卷书，而且行万里路，从大自然中汲取营养。他钟情于山水，把大自然称为"古今第一才人"。在古代交通条件十分落后的情况下，李渔携带家班远途跋涉，走遍了燕、秦、闽、楚、豫、广、陕等地，一览中华大地的奇山秀水。这些经历对李渔来说无疑是一笔宝贵的财富，他的知识不断丰富,感触不断增多,性情得到了陶冶,还懂得了生活的乐趣。这些都为他写《闲情偶寄》打下了坚实的基础。

到了晚年,李渔又举家迁回了杭州,并在此终老。李渔一生著述甚丰,其作品包括戏曲、小说、诗文、随笔等。今人整理有《李渔全集》,基本囊括了李渔已知的全部著作。

一部堪称文人生活艺术的"小百科"

《闲情偶寄》刊刻于清康熙十一年(1672),翼圣堂刻本扉页上印有"笠翁秘书第一种"的字样。李渔说:"从前拙刻,车载斗量。近以购纸无钱,多束诸高阁而未印。……惟《闲情偶寄》一种,其新人耳目,较他刻为尤甚。"(《与刘使君》)足见李渔本人对此书是颇为看重的。

李渔写《闲情偶寄》的动机,在《与龚芝麓大宗伯》这封书信中有所体现:"庙堂智虑,百无一能;泉石经纶,则绰有余裕。惜乎不得自展,而人又不能用之。他年赍志以没,俾造物虚生此人,亦古今一大恨事！故不得已而著为《闲情偶寄》一书，托之空言，稍舒蓄积。"前面提到，李渔几次参加乡试均未能中举，因而他放弃了科举，也失去了做官的机会，所以他才有"庙堂智虑，百无一能"之感。虽然没有入仕当官、为朝廷贡献才能的机会，但在"泉石经纶"方面，他自认为有充分的发挥空间。只可惜自身的这些才能没有得到展现，也没有被社会充分利用，如此下去，岂不枉费了一生，造成终生遗憾吗？为此，他决定写《闲情偶寄》一书，以"稍舒蓄积"。由此我们可以看到，《闲情偶寄》这部作品是作者出于对"造物主"的贡献和回报，也是对自己才华、心志的一种舒张。在这本书里，寄托着作者的希望、心智和"蓄积"。理解好这一点，是我们阅读《闲情偶寄》的根本起点。

《闲情偶寄》包括《词曲部》《演习部》《声容部》《居室部》《器玩部》《饮馔部》《种植部》《颐养部》八个部分，每部之下又按照生活事象自身的门类和逻辑，并结合作者个人日常生活的经验、创造和发明，将笔触延伸到饮食营养、仪容修饰、家居营造、器物古董、园艺设计、花卉树艺、才艺教育、卫生健康、身心颐养、娱乐解忧、文学创作与欣赏、戏剧编创及表演等各个方面，以及其中蕴含的美学现象和规律。全书立论新颖，语言平实，表现出了较高的艺术造诣和生活审美情趣，堪称一部中国古代生活的百科全书，具有极强的娱乐性和实用价值。

一般认为，《闲情偶寄》中价值最高的是作者谈论戏剧理论、戏曲创作和舞台表演的部分，主要集中在《词曲部》《演习部》《声容部》。

首先，李渔对戏剧审美特征进行了论述，主要从审美对象及审美主体两个方面加以考察。关于审美对象，他认为"填词之设，专为登场"。戏剧是一种舞台演出，而这种演出是通过构筑幻境来体现艺术效果的。他说："未有真境之为所欲为，能出幻境纵横之上者。"（卷二《词曲部下·宾白》）为了造成幻境，戏剧不同于诗词歌赋，它要让角色自己在舞台上说话、行动："言者，心之声也，欲代此一人立言，先宜代此一人立心。"（卷二《词曲部下·宾白》）关于审美主体，李渔说："戏文做与读书人与不读书人同看，又与不读书之妇人小儿同看。"（卷一《词曲部上·词采》）这说明审美主体是一个广泛的群体，而欣赏形式是"同看"，这就对演出的脚本、编排、语言等提出了很高的要求。

根据戏剧的审美特征,李渔进而提出了一系列美学要求:一是崇尚真实,凡作传奇必须符合"人情物理",力戒"荒唐怪异",要使观众如身临其境。二是崇尚自然,要求"水到渠成,天机自露"。三是崇尚新颖,主张"洗涤窠臼""陈言务去"。四是雅俗共赏,就是"三尺童子观演此剧,皆能了了于心,便便于口"(卷一《词曲部上·结构》)。五是追求戏剧的整体美,要把剧本创作与舞台表演统一起来,把戏剧演出与观众的审美活动统一起来。

其次,李渔从题材、人物塑造、结构、语言、音律几个方面谈了关于编剧的理论。比如在题材上,他认为应该讲求真实,入情入理。当然,传奇的题材"大半寓言",可以虚构、幻生,但要"虚则虚到底""实则实到底",不要虚事与实事互掺,而破坏了真实感。另外,剧作者应努力发掘新的题材,对前人已见之事,要摹写出它的未尽之情、不全之态;对已流传的剧本则要做新的处理,"易以新词,透入世情三昧",从而使观众有"换耳换目"的新意。又如在语言方面,李渔主张戏剧语言贵显浅、重机趣、求肖似。贵显浅是通俗化、群众化的问题。这里的浅显并非浅薄,而是"以其深而出之于浅",即"意深词浅";通俗也非粗俗,而是"于俗中见雅"。重机趣主要指语言生动而有灵气,他说:"'机趣'二字,填词家必不可少。机者,传奇之精神;趣者,传奇之风致。少此二物,则如泥人土马,有生形而无生气。"(卷一《词曲部上·词采》)求肖似是指语言的性格化,即人物语言要符合其身份、感情、性格,要力戒浮泛,做到"说何人,肖何人"。

最后,是关于导演、表演方面的理论。导演负责教习演员及排戏,应向演员"解明情节,知其意之所在",要了解人物的感情,"唱时以精神贯串其中"。在排戏过程中,则要"口授而身导之",使"戏场关目,日日更新,毡上诙谐,时时变相"。演员则要注意基本训练和艺术修养,要把握角色身份,避免不顾场合的陈词滥调。

应该说,李渔的戏剧理论是联系元、明以来的戏曲创作实践,结合个人的创作、演出体会,并吸收前代理论批评家的真知灼见,而对中国古代戏曲理论做出的较为系统的总结,是具有民族特色的戏曲理论体系。这些理论对于今天的文艺工作者和戏剧爱好者都有借鉴价值，更有学者认为《闲情偶寄》这部书是古代曲论集大成之作。

然而，如果仅仅把这部书的价值定位在戏曲方面，作者恐怕会不满意的。他曾向友人说，读《闲情偶寄》，可以先从《声容部》读起，因为前面两部单论填词，犹为可缓。言外之意是《词曲部》《演习部》内容较专，而后面的部分才是真正面向广大读者的。从实际内容来看，确实是这样。比如，《居室部》以作者自己营造的"芥子园"和"层园"为例，详细探讨了与百姓居住相关的房舍规划与营造、窗栏匾额设计与制作、园墙林石的规划与筑垒等问题。又如《饮馔部》介绍了百姓日常生活中的蔬食、谷食、肉食，如笋、萝卜、饼、面、猪、牛、羊等。

总之，追求一种世俗的、文雅的、精致的、丰富的、快乐的、整体圆融而又一往情深的生活，乃是《闲情偶寄》的旨趣所在。此书既展现了明清之际文人蓄声妓、好歌舞、游山水、筑园林、嗜茶酒、谙美食、着蓑衣、读闲书、做雅士的追求自然与惬意的生活，又力图别求新变，引领一种雅俗共赏、贫富皆宜的时尚生活。

创作宗旨

《闲情偶寄》一书的创作宗旨,在该书《凡例》中有着详细的说明。概括起来就是"点缀太平""崇尚俭朴""规正风俗""警惕人心"。

首先是点缀太平。李渔说:"方今海甸澄清,太平有象,正文人点缀之秋也。故于暇日抽毫,以代康衢鼓腹。所言八事,无一事不新,所著万言,无一言稍故者,以鼎新之盛世,应有一二未睹之事、未闻之言以扩耳目,犹之美厦告成,非残朱剩碧所能涂饰榱楹者也。草莽微臣,敢辞粉藻之力。"大意是,当今海内清明,天下太平,正是文人点缀太平的时候,所以在闲暇的时候挥笔。书中所叙述的事之所以没有一样不新,所写之言之所以没有一言陈旧,就是因为处于革故鼎新的盛世。我作为草莽微臣,怎么敢不尽粉藻太平盛世之力呢?

其次是崇尚俭朴。李渔说:"创立新制,最忌导人以奢。奢则贫者难行,而使富贵之家日流于侈,是败坏风俗之书,非扶持名教之书也。是集惟《演习》《声容》二种为显者陶情之事,欲俭不能,然亦节去靡费之半;

其余如《居室》《器玩》《饮馔》《种植》《颐养》诸部，皆寓节俭于制度之中，黜奢靡于绳墨之外，富有天下者可行，贫无卓锥者亦可行。"意思是，创立一种新体制，最忌讳引导人们奢靡。奢靡则让贫困的人难以施行，而使富贵之家日渐流于奢侈，这是败坏风俗之书，而不是帮助推行名教的书。本书只有《演习》《声容》两部述说显贵之人陶冶性情之事，不易做到节俭，但也俭省了所费钱财的一半；其余像《居室》《器玩》《饮馔》《种植》《颐养》诸部，皆寓节俭之意于各种规制之中，避免奢靡，富裕的人可行，贫穷的人也可行。

再次是规正风俗。李渔说："风俗之靡，日甚一日。究其日甚之故，则以喜新而尚异也。新异不诡于法，但须新之有道，异之有方。有道有方，总期不失情理之正。以索隐行怪之俗，而责其全返中庸，必不得之数也。不若以有道之新易无道之新，以有方之异变无方之异，庶彼乐于从事。"就是说，风俗的奢靡，一天比一天厉害。推究其日甚一日的原因，在于喜欢新奇和崇尚怪异。新奇、怪异不违法理，但必须新奇得有理，怪异得有度。有理有度，总是要求它不失情理之正道。以穷追极索之法搜寻怪异之流俗，强行责求它完全返回中庸之道，必然得不到预期的效果。还不如用有理之新代替无理之新，用有度之异代替无度之异，这样才会使人愿意践行。

最后是警惕人心。李渔说："风俗之靡，犹于人心之坏，正俗必先正心。……是集也，纯以劝惩为心，而又不标劝惩之目。名曰《闲情偶寄》者，虑人目为庄论而避之也。……劝惩之意，绝不明言，或假草木昆虫之微，或借活命养生之大以寓之者，即所谓正告不足，旁引曲譬则有余也。"作者指出，风俗的奢靡，就像人心的颓败，匡正风俗必先匡正人心。这部书，就是出于劝善惩恶之心，却又不标出劝善惩恶的名目。题为《闲情偶寄》，是怕人把它看成庄严之论而避之不读。书中的劝惩之意，绝不明言，或者假借草木昆虫这类小事物，或是借助活命养生这类大事情来表现，这就是严正劝告不足以打动读者，委婉地引证、举例、打比方往往会收到意想不到的效果。

除了上述四个写作宗旨外，李渔还坚持本书写作的"三戒"："一戒剽窃陈言""一戒网罗旧集""一戒支离补凑"。明清之际，很多书籍都是陈陈相因，互为传抄，或道听途说，证之不经；而李渔所记所述，"不载旧本之一言""不借前人之只字",完全凭借自己的生活积累、学识和能力,进行独创。

从这些方面可以看出,为了写成《闲情偶寄》,李渔真是煞费苦心,倾其全力。他的朋友余怀对此书评价很高,在为这部书写的序中,余怀说:"今李子《偶寄》一书,事在耳目之内,思出风云之表,前人所欲发而未竟发者,李子尽发之;今人所欲言而不能言者,李子尽言之;其言近,其旨远,其取情多而用物闳。滢滢乎!俪俪乎!汶者读之旷,僿者读之通,悲者读之愉,拙者读之巧,愁者读之忾且舞,病者读之霍然兴。此非李子《偶寄》之书,而天下雅人韵士家弦户诵之书也。吾知此书出将不胫而走,百济之使维舟而求,鸡林之贾辇金而购矣。"他盛赞此书发前人所未发,语言浅近而旨趣深远,思路清晰,理路缜密,世人定会争相阅读,广为流传。结果不出余氏所料,这本书问世之后即受到了广泛的关注,其原因与此书的写作宗旨有很大关系。

书中的创新、节俭、实用思想

在《闲情偶寄》中,李渔不仅不遗巨细地勾勒出时代生活的丰富表情和多元形态，而且他本着新人耳目、节俭省约、切近实用这三大原则，在每一生活领域尤其是生活的细枝末节处，都能别出心裁，展现他的才华和机巧，进而为每个阶层的人士改良和提升生活品质、享受和体验生活乐趣提供了新颖、节省而可行的实践方案。

首先，李渔是一位别出心裁、独出机杼的设计大师，"创新""创造"是他的性格特征。他在日常生活中的诸多创新设计，为我们呈现出一个极富个性、极富创造力的文人设计师的鲜活形象。

以家居为例，他设计了"活檐"：贫士之家房舍宽而余地少，若用深檐以避风雨则影响室内采光，若设长窗采光，又不便于遮阴。为此，李渔设计了一种"活檐"，即在瓦檐之下另设一板棚，置转轴于两端，可撑可下，"晴则反撑"，雨天则正撑以承檐溜。他还创制了暖椅。所谓暖椅，实为书桌与座椅的一种结合体，在其下设抽屉以置炭火，用于取暖，炭火之上又可置香，使其具有香熏的功能；因坐椅较宽大，又可作休息之用；此暖椅加上抬杠又能作轿子使用；早晚还可以用来暖衣被。因此，它被友人誉为"众美毕具，慧心巧思，登峰造极，直名之曰笠翁椅"。这一创新设计的暖椅，简直是一物多用的典范。此外，对于窗户、室内四壁的设计等，李渔也有自己独特的想法。

值得注意的是，李渔不是为创新异而创新异，他有自己的基本原则和规范，即所有创新"无一不轨于正道"，是"新之有道，异之有方"。

李渔的创新思想，是与其慧心巧思和横溢的才华联系在一起的。这些设计无疑是其才、情、思三者统一的产物。"才"是才华和智慧；"情"是情愫、情操、性情和善心正气；"思"是思想、思考的能力和文化智慧，是哲思，是道德和理想的追求。

其次，中国自古就将节俭作为美德之一，李渔在《闲情偶寄》的《凡例》中也说要"崇尚俭朴"，这意味着此书有着育人和欲改变社会风气的目的。

以衣着为例，李渔认为衣衫附之于人身，如同人依附于大地而生存一样，需要相安相宜："人与地习，久始相安，以极奢极美之服，而骤加俭朴之躯，则衣衫亦类生人，常有不服水土之患。宽者似窄，短者疑长，手欲出而袖使之藏，项宜伸而领为之曲，物不随人指使，遂如桎梏其身。"（卷三《声容部·治服》）因此，人穿衣衫的第一要义是"衣以章身",就是说关键不在衣衫,而在穿衣之人,要重视人自身的德行,即所谓"富润屋,德润身"。人穿衣衫的第二要义是"不贵精而贵洁,不贵丽而贵雅,不贵与家相称,而贵与貌相宜"。李渔还进一步提出妇女着衣的"四宜":宜于貌、宜于岁(年龄)、宜于分(地位、贫富)和宜于体而适于用。这些实际上都蕴含着李渔崇尚节俭、反对奢华的思想和伦理道德观。

最后,李渔认为,无论设计制作日常用品还是筑造屋舍,最根本的还是要实用:"凡人制物,务使人人可备,家家可用","一事有一事之需,一物备一物之用"(卷四《器玩部·制度》)。当时流行有"燕几图"组合式家具,李渔对此做过调查,认为这种家具设计之巧毫无疑问,但遍访使用者"果能适用与否",回答都是否定的,因为一是太过烦琐,二是无极大之屋尽列其间。"燕几图"式的组合家具是中国设计史上的"名作"之一,但在李渔看来,这一设计从实用性的角度来说是不尽如人意的。又如对于茶具的设计制作,李渔认为:"置物但取其适用,何必幽渺其说,必至理穷义尽而后止哉!凡制茗壶,其嘴务直,购者亦然。一曲便可忧，再曲则称弃物矣。盖贮茶之物与贮酒不同，酒无渣滓，一斟即出，其嘴之曲直可以不论；茶则有体之物也，星星之叶，入水即成大片，斟泻之时，纤毫入嘴，则塞而不流。啜茗快事，斟之不出，大觉闷人。"（卷四《器玩部·制度》）从茶壶造型上看，壶嘴呈弯曲状要比直形在形式上显得美观，但形式之美妨碍了实用；从出水的功能来看，壶嘴务直，才方便使用。在美观和实用上，李渔首选后者，这就是"一物备一物之用"的道理。

经典诵读：《闲情偶寄》选读

幽斋陈设，妙在日异月新。若使骨董生根，终年鲍系一处，则因物多腐象，遂使人少生机，非善用古玩者也。居家所需之物，惟房舍不可动移，此外皆当活变。何也？眼界关乎心境，人欲活泼其心，先宜活泼其眼。即房舍不可动移，亦有起死回生之法。譬如造屋数进，取其高卑广隘之尺寸不甚相悬者，授意匠工，凡作窗棂门扇，皆同其宽窄而异其体裁，以便交相更替。同一房也，以彼处门窗挪入此处，便觉耳目一新，有如房舍皆迁者；再入彼屋，又换一番境界，是不特迁其一，且迁其二矣。房舍犹然，况器物乎？或卑者使高，或远者使近，或二物别之既久，而使一旦相亲，或数物混处多时，而使忽然隔绝，是无情之物变为有情，若有悲欢离合于其间者。但须左之右之，无不宜之，则造物在手，而臻化境矣。人谓朝东夕西，往来仆仆，"何许子之不惮烦乎？"予曰：陶士行之运甓，视此犹烦，未有笑其多事者；况古玩之可亲，犹胜于甓，乐此者不觉其疲，但不可为饱食终日无所用心者道。(《闲情偶寄·器玩部》)

幽雅斋室的陈设，妙在日异月新。若使古董生根，终年固定在一处，那就因为物象多陈腐之态，会使人觉得缺少生机，这不是善于玩赏古董的人。居家所需的物品，唯有房舍不可动移，此外都应当活变。为什么？眼界关系于心境，人要想使心境活泼，应先使眼界活泼。即使房舍不可动移，也有起死回生的办法。譬如建造数进房屋，选取其高低宽窄尺寸不太悬殊的，授意匠工，凡是制作窗棂门扇，都要宽窄一样而体式不同，以便互相更替。同一间房，把那里的门窗挪到这里，便会觉得耳目一新，犹如换了整间房子；再入那间房子，又换了一番境界，这样不仅变迁其一，而且变迁其二了。房舍如此，何况器物呢？或低的使之高，或远的使之近，或二物分别已经很久，而使之一旦相亲，或数物混在一处多时，而使之忽然隔绝，这就将无情之物变为有情，好像有悲欢离合存在于其间一样。但须左右逢源，无不相宜，这样如同造物主那样得心应手，达到化境了。有人说，朝东夕西，往来仆仆，"为何像许行先生那样不怕麻烦呢？"我说：陶士行早晚屋里屋外搬运砖头，看来特别麻烦，但没有人笑他多事；何况古玩之可亲，还要远胜于砖头，乐此者不觉其疲。但这些话不可对饱食终日无所用心者道。

虞美人花叶并娇，且动而善舞，故又名"舞草"。谱云："人或抵掌歌《虞美人》曲，即叶动如舞。"予曰：舞则有之，必歌《虞美人》曲，恐未必尽然。盖歌舞并行之事，一姬试舞，众姬必歌以助之，闻歌即舞，势使然也。若曰必歌《虞美人》曲，则此曲能歌者几？歌稀则和寡，此草亦得借口藏其拙矣。(《闲情偶寄·种植部》)

虞美人花与叶都很娇美,而且动而善舞,所以又名"舞草"。花谱说:人有时拍掌歌唱《虞美人》曲,虞美人花就会叶动如舞。我说:它跳舞可能会有,至于必须歌唱《虞美人》曲,恐怕未必尽然。歌与舞乃是连在一起的事,一个女子跳舞,众多女子必会歌唱以助兴,闻歌即舞,情势使然。倘若说必须歌唱《虞美人》曲,那么有几个人能歌唱这支曲子?歌稀则和寡,虞美人这种花也可以此为借口而藏其拙了。

欲调饮食,先匀饥饱。大约饥至七分而得食,斯为酌中之度,先时则早,过时则迟。然七分之饥,亦当予以七分之饱,如田畴之水,务与禾苗相称,所需几何,则灌注几何,太多反能伤稼,此平时养生之火候也。有时迫于繁冗,饥过七分而不得食,遂至九分十分者,是谓太饥。其为食也,宁失之少,勿犯于多。多则饥饱相搏而脾气受伤,数月之调和,不敌一朝之紊乱矣。(《闲情偶寄·颐养部》)

要想调节饮食,先要使得饥饱均匀。大约饿到七分时吃饭,是比较适中的度,先于此时则早,后于此时则迟。然而饿到七分饥，也应吃到七分饱，犹如稻田里的水，必须与禾苗相称，需要多少，就灌入多少，太多反而伤害庄稼，这就是平时养生的火候。有时迫于繁冗事务，饿过七分还不得吃饭，甚至饿到九分十分，这就饿过了头。此时吃饭，宁肯少些，切勿太多。若多，则饥饱相互争斗而使脾气受伤，几个月的调养也不敌一朝脾胃紊乱失调啊。

饥饱之度，不得过于七分是已。然又岂无饕餮太甚，其腹果然之时？是则失之太饱。其调饥之法，亦复如前，宁丰勿啬。若谓逾时不久，积食难消，以养鹰之法处之，故使饥肠欲绝，则似大熟之后，忽遇奇荒。贫民之饥可耐也，富民之饥不可耐也，疾病之生多由于此。从来善养生者，必不以身为戏。(《闲情偶寄·颐养部》)

饥饱之间的度，上下不得超过七分。然而，就没有大吃大喝使肚子胀得滚圆的时候吗？若这样，就吃得太多太饱了。调和饥饱的方法，也如前述，宁可丰足不可欠缺。假如说饭时刚过不久，积食难以消化，就用养鹰的办法处置，故意使饥肠欲绝，就好像大丰收以后，忽然遇上大荒年。贫民之饥可以忍耐，富人之饥不可忍耐，疾病的发生常常由于这个缘故。从来善于养生的人，绝不拿性命当儿戏。

十一 《菜根谭》《小窗幽记》《围炉夜话》：修身处世三大奇书

《菜根谭》

《菜根谭》的作者是明代万历年间的洪应明。关于洪应明,《明史》无传,其他史书也很少提及。其生平事迹,只有从他自己的著作以及别人为他的著作所写的题记、序跋中进行梳理。根据现有材料,我们可以得知:洪应明,字自诚,号还初道人,四川新都人(一说江苏金坛人),早年热衷于仕途,曾到南京求官,晚年归隐山林,潜心著述。他与袁黄、冯梦祯、于孔兼都有交往。袁黄,号了凡,是家训名著《了凡四训》的作者;冯梦祯官至南京国子监祭酒;于孔兼是万历八年(1580)进士,曾到无锡参与东林讲学。

综观全书,我们可以知道这是一本论述修身、处世、待人、接物、应事的格言集。明朝万历年间,社会危机四伏,阶级矛盾日益激化,但朝廷上下却是醉生梦死,腐败横行,奸权当道,正人君子被排斥,有识之士被埋没,社会风气日下。生活在那个时代的洪应明,虽学识渊博、才智过人,却在仕途上屡受挫折,志不得伸,这让他对社会现实有了入木三分的观察和深切的体会。《菜根谭》这本格言集即凝聚着洪应明对整个人生社会万种世态的分析，饱含着他企图拯救社会、劝人为善的一片苦心，也显示了他的学识和修养。本书内容丰富，包罗万象，无所不及，读之不仅趣味盎然、富有哲理，而且言近旨远、促人警觉，同时含有朴素的辩证法思想。

书名取"菜根"二字，颇有味道。有人认为是取自宋朝学者汪信民的说法：人咬得菜根，则百事可做。意思是一个人只要能够坚强地适应清贫的生活，坚定信念，持之以恒，那么，不论做什么事情，都会有所成就。也有人认为是取自南宋朱熹的说法："某观今人，因不能咬菜根而至于违其本心者众矣，可不戒哉！"洪应明的好友于孔兼则说："谭以菜根名，固自清苦历练中来，亦自栽培灌溉里得，其颠顿风波，备尝险阻可想矣。洪子曰：'天劳我以形，吾逸吾心以补之；天厄我以遇，吾亨吾道以通之。'其所自警自力者又可思矣。"于孔兼为洪应明的好友，其说或更接近作者的原意。

《菜根谭》成书后，流传很广，今天所能见到的版本，大致说来可分为两个系统。一个系统是明末高濂编辑的《遵生八笺》附录本，分为前集和后集，书前有于孔兼的题词，卷首有"还初道人洪自诚著觉迷居士汪乾初校"字样。另一个系统有的版本也分前、后两集，前集再分为修省、应酬、评议、闲适四编，后集为概论一编；有的则不分前、后集，全书直接分为修省、应酬、评议、闲适、概论五编。比较两个系统的各个版本，其所收章数和次序都有不同，但总的来说，第二个系统版本的章数明显多于第一个系统，目前我们常用的也是第二个系统的版本。

《菜根谭》将《修省》放在开篇，意在强调修身的重要性。唯有修身立德的人，才能经得住考验，抵挡得住外来诱惑，抵制歪风邪气，与不良行为做斗争。洪应明始终认为德行修养是成事之基。他说："德者，事业之基，未有基不固而栋宇坚久者。"（《概论》）良好的德行修养是事业发展的基础，就像兴建楼宇，如果基础不牢固，是不可能经久耐用的。由此可以推论出一个人能否做出积极的贡献，取决于他的德行好坏，有才无德的人，学识越广，权位越高，对社会的危害反而可能越大。正如书中所言："德者才之主，才者德之奴，有才无德，如家无主而奴用事矣，几何不魍魉猖狂。"（《概论》）这就要求我们在选人用人时要以德才兼备为标准。

那么，如何修身和保持良好的德行呢？洪应明提出要摒除心中的贪念。人的正常欲望应该得到满足，但凡事都要有度，欲望过度，就是贪。书中说："人只一念贪私，便销刚为柔，塞智为昏，变恩为惨，染洁为污，坏了一生人品。故古人以不贪为宝，所以度越一世。"（《概论》）在洪应明看来，人不可有贪欲，一旦有了贪婪偏私的念头，即便原本刚直的性格也会变得十分懦弱，会使原本聪明的头脑变得昏聩，使仁慈的心地变得残酷，使纯洁的人格变得污浊，最终的结果就是毁掉这个人一生的品格和美德。所以，做人应当淡泊名利，把"不贪"二字作为修身之宝。书中还说："不责人小过，不发人阴私，不念人旧恶，三者可以养德，亦可以远害。"（《概论》）不轻易责难别人小的过错，不随便揭发别人的生活隐私，不对他人以往的过错耿耿于怀，这三个原则是培养良好品德的方法。"不昧己心，不拂人情，不竭物力"（《概论》），这三者也是对一个人德行的要求。

当然，修身养德是件不容易的事，这一点洪应明看得很清楚。他说："欲做精金美玉的人品，定从烈火中煅来；思立掀天揭地的事功，须向薄冰上履过。"（《修省》）就是说，一个人要想具有纯金美玉一般的品德，就要经历烈火般的锻炼；要想做出一番大事业，就要经历艰难险峻的考验。无论是"从烈火中煅来"，还是"向薄冰上履过"，都是修身必须经过的过程，所谓"烈火炼真金"，"不经历风雨，怎能见彩虹"，说的都是这个道理。这就需要我们有坚定的意志和知难而上的决心和勇气。"清能有容，仁能善断，明不伤察，直不过矫，是谓蜜饯不甜，海味不咸，才是懿德。"(《概论》)清廉纯洁又有雅量，有仁义之心和敏锐的判断力，洞察一切而又不苛求于人，正直而又不过于矫饰。这是洪应明心目中"懿德"之人的形象。

《菜根谭》还强调从政者要廉洁奉公。"居官有二语：'惟公则生明，惟廉则生威。'"(《概论》)在洪应明看来，获得不该得到的利益，是遭受祸害的根源。因此，为官者要具有廉政意识。洪应明还说："真廉无廉名，立名者正所以为贪；大巧无巧术，用术者乃所以为拙。"(《概论》)这句颇有辩证思想的话，意在指出真正清廉之人，其廉洁思想是内化于心、外化于行的，他不会把清廉作为噱头四处宣扬，从而给自己歌功颂德。为官清廉者，应该做到心如规矩、志如尺衡，要严格自律、坚持原则。

对于为官者,书中还说:"小处不渗漏,暗处不欺隐,末路不怠荒,才是真正英雄。"(《概论》)这是要求为官者要慎独自律、表里如一,即使在细微的地方也不可粗心大意;即使在没人听见、没人看见的地方,也绝对不做见不得人的事;尤其是处于贫困潦倒之时,更不能放松对自己的要求。

关于家庭教育,书中说:"家人有过,不宜暴扬,不宜轻弃。此事难言,借他事隐讽之;今日不悟,俟来日而正警之。如春风之解冻、和气之消冰,才是家庭的典范。"(《概论》)对于交友,作者提出要慎重,认为:"交友不宜滥,滥则贡谀者来。"(《概论》)书中还指出,凡事都要有度,超过了度,好的事物也会向不好的方面转化:"俭,美德也,过则为悭吝,为鄙啬,反伤雅道;让,懿行也,过则为足恭,为曲礼,多出机心。"(《概论》)

《小窗幽记》

《小窗幽记》是一部融处世哲学、生活艺术、审美情趣于一身,集晚明清言小品之大成的著作。

关于这部书的作者，一直以来都存有争议。此书乾隆三十五年（1770）刻本题有"云间陈继儒眉公手辑"。陈继儒（1558—1639），字仲醇，号眉公，松江华亭（今上海松江）人。《明史·隐逸传》说他"年甫二十九，取儒衣冠焚弃之。隐居昆山之阳。……亲亡，葬神山麓，遂筑室东佘山，杜门著述，有终焉之志"。虽然从二十九岁起就不再出仕，但陈继儒常周旋于公卿缙绅之间，盛名享誉天下，且著作等身。然而，有学者研究认为，《小窗幽记》是假托陈继儒之名，其本来面目应该是明代陆绍珩编纂的《醉古堂剑扫》。清朝时，有人对《醉古堂剑扫》一书进行了编辑加工，鉴于陆绍珩名气不大，编辑者乃将陈继儒抬了出来，并参照他的《小窗四纪》《岩栖幽事》，将编辑加工后的《醉古堂剑扫》定名为《小窗幽记》。还有学者提出，编辑加工者就是为乾隆三十五年刻本作序的陈本敬以及刊刻者崔维东。

无论作者是谁，《小窗幽记》这部书是值得我们重视的。它分为醒、情、峭、灵、素、景、韵、奇、绮、豪、法、倩十二卷，在内容上博采群书，凡诸子百家、诗词歌赋以及各种体裁的文章和杂著，无所不包，或照录原文，或截取片段，或重组改造。清言小品属于著述中最自然的、最不兜圈子的、最简易的方式，其优势就在于它能用极精致的语句，透露出处世之道以及人生智慧。正如陈本敬《小窗幽记叙》中评价道："泄天地之秘笈，撷经史之菁华，语带烟霞，韵谐金石。醒世持世，一字不落言筌；挥尘风生，直夺清谈之席；解颐语妙，常发斑管之花。所谓端庄杂流漓，尔雅兼温文，有美斯臻，无奇不备。"醒世、持世，可以说是此书的主旨。善读此书者，当反复体会其中的意蕴。

还需指出的是，此书编排的顺序也是颇为讲究的。它以"醒"为第一，对醉于朝的趋名者，醉于野的趋利者，醉于声色车马的豪者，无异于醍醐灌顶，使其还原出一个本真的自我来。此后的情、灵、素、奇等，都是建立在"醒"的基础之上。因此，学者罗立刚称，清醒之后，经此一番洗礼，真个是俗情涤尽，烦恼皆除，人生的价值，才真正显现出来。

《小窗幽记》这部书，重在让人修养心性，并从中体会为人处世的方法。书中说："安详是处事第一法，谦退是保身第一法，涵容是处人第一法，洒脱是养心第一法。"（卷一《醒》）若能以安详的心态，从容地看花开花落、云卷云舒、人聚人散，这便是人生的一种境界。待人接物保持谦虚谨慎的态度，做到心胸宽广、不斤斤计较，则是人生的一种智慧。而无论是安详、谦退，还是涵容、洒脱，最根本的还是要调整好自己的心态，要常怀一颗平常心来看待一切事物。"事有急之不白者，宽之或自明，毋躁急以速其忿。"（卷四《灵》）人们在情急之下往往束手无策，甚至做出错事，如果能够做到心态平和，宽松从容，静下心来认真思考，事情往往能够得到解决。

对于为官者，书中提出了七大原则："正以处心，廉以律己，忠以事君，恭以事长，信以接物，宽以待下，敬以治事，此居官之七要也。"（卷十一《法》）处心要公正，自己要清廉，对国家要忠诚，对长辈要恭敬，待人接物要诚信，对待下属要宽容，对工作要敬业。这对今天的从政者也是有借鉴意义的。

曾子说："吾日三省吾身。"此书作者受此感染，将人们身边常见易见之物与人的品性相联系，要求人们常思观省，砥砺自我。"怪石为实友，名琴为和友，好书为益友，奇画为观友，法帖为范友，良砚为砺友，宝镜为明友，净几为方友，古磁为虚友，旧炉为熏友，纸帐为素友，拂尘为静友。"（卷七《韵》）朴实、和洽、方正、素淡，正是君子应该具备的品德。

书中还特别提到阅读带给人们的愉悦感受。"读一篇轩快之书，宛见山青水白；听几句透彻之语，如看岳立川行。"（卷四《灵》）"读书如竹外溪流，洒然而往；咏诗如蘋末风起，勃焉而扬。"（卷四《灵》）"惟书不问贵贱贫富老少，观书一卷，则增一卷之益；观书一日，则有一日之益。"（卷十一《法》）所谓"开卷有益"，读书是增长知识、陶冶性情的一个好方法，苏轼《记黄鲁直语》中说："黄鲁直（黄庭坚，字鲁直）云：'士大夫三日不读书，则义理不交于胸中，对镜觉面目可憎，向人亦语言无味。'"

《围炉夜话》

《围炉夜话》是"修身处世三大奇书"中成书最晚的一部。它的作者王永彬是清朝道光、咸丰时人，根据族谱等资料记载，王永彬，字润芳，号宜山，人称其宜山先生。他少时入私塾读书，后为廪生，并"由廪生以道光廿三年以恩贡就教职，在籍候选教授终身，寿终正寝"。所谓候选教授终身,意思是从未就实职,只有个候选的名号。王永彬好读书,至晚年仍"卷不去手","于学无不通"。他以授徒为生,其授徒"先躬行,后文艺","兼励文行,不专尚举子业,凡问业者,咸修饬谨度品概与词艺兼营并进"。

王永彬生活的时代,可以用"内忧外患"四个字来形容。面对这种危亡的局势,清朝统治者却因循守旧,不思变革,致使国势日蹙,百弊丛生,民不聊生。一些有报国之心的士大夫为此忧心忡忡,却空有壮志,无力回天,王永彬就是其中之一。他对当时官场的积弊认识深刻,对贪官污吏深恶痛绝,并给予无情的鞭挞。如他在书中说:"权势之徒,虽至亲亦作威福,岂知烟云过眼,已立见其消亡;奸邪之辈,即平地亦起风波,岂知神鬼有灵,不肯听其颠倒。"(第二二则)他还对社会上奢靡荒淫、丧失廉耻等弊病进行了揭露:"风俗日趋于奢淫,靡所底止,安得有敦古朴之君子,力挽江河;人心日丧其廉耻,渐至消亡,安得有讲名节之大人,光争日月。"(第一一则)另一方面,王永彬认为这种世风日下的局面是由于人们的道德沦丧造成的:"门户之衰,总由于子孙之骄惰;风俗之坏,多起于富贵之奢淫。"（第七五则）因此，他提出只有重建道德秩序才能挽救涣散的人心，并希望那些清正的官员和道德高尚的君子能为子孙和他人起到表率作用；同时他还提醒人们不能耽于一时之安逸，而要居安思危、发愤图强："人虽无艰难之时，却不可忘艰难之境；世虽有侥幸之事，断不可存侥幸之心。"（第一〇七则）可以说，王永彬是一位有良知的士人，他有着儒家"修身、齐家、治国、平天下"的理想境界和道德情操，而《围炉夜话》则体现了他这种强烈的使命感。

这部书以格言的形式写成，共二百二十一则，以"安身立业"为总话题，涉及教育、成长、立志、入世、谋生、成事等各个方面，是在儒家所讲仁、义、礼、智、信，以及由此形成的八德——孝、悌、忠、信、礼、义、廉、耻的基础上宣扬伦理道德，并提出如何处理种种关系，目的是想借此扭转社会风气，挽救颓败的时局。所以书中说："图功未晚，亡羊尚可补牢；浮慕无成，羡鱼何如结网。"（第一一二则）

首先，在待人方面，书中说："一'信'字是立身之本，所以人不可无也；一'恕'字是接物之要，所以终身可行也。"（第六则）这是与孔子的思想一脉相承的，《论语·为政》记载孔子的话说："人而无信，不知其可也。"《论语·卫灵公》记载："子贡问曰：'有一言而可以终身行之者乎？'子曰：'其恕乎。己所不欲，勿施于人。'"诚信是做人之本，而"恕"则可以使人际关系变得和谐。

其次，在为官从政方面，书中提出了这样一个问题："人皆欲贵也，请问一官到手，怎样施行？"（第一八四则）作者给出的答案是：为官者要有气节，正直无私，勤于职守："成大事功，全仗着秤心斗胆；有真气节，才算得铁面铜头。"（第八四则）"陶侃运甓官斋，其精勤可企而及也。"（第一〇二则）为官者要有忧国忧民的意识，并勇于任事："古之言忧者，必曰天下忧，廊庙忧；可知当大任者，其心良苦。"（第一四五则）为官者要身体力行，还要善于集思广益，吸收众人的智慧，从而避免因失误造成的严重后果："凡事勿徒委于人，必身体力行，方能有济；凡事不可执于己，必广思集益，乃罔后艰。"（第一七三则）

再次，在读书治学方面，作者强调学习要以道德为根基。书中说："士必以诗书为性命，人须从孝悌立根基。"(第一三四则)"学业之美在德行,不仅文章。"(第十则)他还认为学者不仅要读书和治学,还要力行实践、经世致用:"讲性命之学者,不可无经济之才。"(第二六则)"性命之理,固极精微,而讲学者必求其实用。"(第一八九则)"士既多读书,必求读书而有用。"(第一四九则)

最后,作者还特别重视对孩子的教育和培养,他认为一个孩子能否成长为一个德行兼备的人才,家长的作用非常关键。书中说:"每见待弟子严厉者易至成德,姑息者多有败行,则父兄之教育所系也。又见有弟子聪颖者忽入下流,庸愚者较为上达,则父兄之培植所关也。"(第十六则)因此家长要以身作则,给孩子树立一个好的榜样:"父兄教子弟,必正其身以率之,无庸徒事言词也。"(第三三则)家长对孩子万不可溺爱,对于已染劣习的孩子,也要尽力使其改过自新:"子弟天性未漓,教易行也,则体孔子之言以劳之,勿溺爱以长其自肆之心。子弟习气已坏,教难行也,则守孟子之言以养之,勿轻弃以绝其自新之路。"(第一○五则)应该说,王永彬的教子方法还是颇有见地的。

需要指出的是,《菜根谭》《小窗幽记》《围炉夜话》

是明清时期的产物，其内容自然带有时代的烙印，我们在阅读时需特别注意，要取其精华，去其糟粕。

经典诵读：《菜根谭》《小窗幽记》《围炉夜话》选读

从五更枕席上参勘心体，气未动，情未萌，才见本来面目；向三时饮食中谙练世味，浓不欣，淡不厌，方为切实工夫。(《菜根谭·修身》)

躺在五更的枕席之上，审视参省自己的内心，此时精神上没有产生任何动荡，情绪上没有萌生任何杂念，才能洞见自己的本来面目；在三餐饮食中谙习人世滋味，浓郁时不欣喜，淡泊时不厌倦，才是切切实实的修身功夫。

无事常如有事时提防，才可以弭意外之变；有事常如无事时镇定，方可以消局中之危。(《菜根谭·应酬》)

无事之时，总像有事之时那样小心防备，才可以平息意外发生的变故；有事之时，总像无事之时那样镇定自若，才可以消除局势中的危机。

琴书诗画，达士以之养性灵，而庸夫徒赏其迹象；山川云物，高人以之助学识，而俗子徒玩其光华。可见事物无定品，随人识见以为高下。故读书穷理，要以识趣为先。（《菜根谭·评议》）

琴书诗画，通达之士以之怡养性情，平庸之人却只会欣赏它们的外在形式；山川云物，高明之人以之助长学识，凡俗之人却只会玩赏它们明丽的色彩。由此可见，客观事物并没有一定的等级之差，而是随着欣赏之人的学识见解而表现出高下之别。故而阅读书籍、探究事理，都要以提高自己的见识和志趣为目标。

气收自觉怒平，神敛自觉言简，容人自觉味和，守静自觉天宁。（《小窗幽记·集醒》）

怒气收敛愤怒自然就渐渐平息，心神收敛自然觉得言语简洁，能宽容对人自然体会出和谐，能谨守安静自然体会到天地安宁。

孟宗少游学，其母制十二幅被，以招贤士共卧，庶得闻君子之言。(《小窗幽记·集豪》)

三国时，少年孟宗外出游学，其母为他缝制了十二幅布的大被子，以招来贤良之士共同坐卧，希望能听到君子的有益言论。

无论做何等人，总不可有势利气；无论习何等业，总不可有粗浮心。(《围炉夜话》第三五则)

不管做什么样的人，都不能有以地位、财产区别对待他人的恶劣习惯；不管从事什么职业，都不能有粗疏和浮躁的心态。

十二 《夜航船》：一部包罗万象的小型百科全书

美国著名史学家史景迁曾写有《前朝梦忆：张岱的浮华与苍凉》（Reture to Dragon Mountain：Memories of a Late Ming Man）一书，书中的主人公张岱，是明末清初著名文学家、史学家，他的传世作品很多，我们熟知的有《陶庵梦忆》《西湖寻梦》《琅嬛文集》等。他还编纂了一本颇有特点的百科全书——《夜航船》。

从浮华到苍凉：张岱的一生

张岱，一名维城，初字宗子，又字石公，号陶庵，又号蝶庵，浙江山阴（今绍兴）人。生于明万历二十五年（1597），卒于清康熙二十八年（1689），享年九十三岁。由于其祖籍原属四川绵竹，所以他又自称"蜀人""古剑陶庵老人"（绵竹古属剑州）。

张岱的远祖为唐代名相张九龄的弟弟张九皋。张九皋的后代张浚，为宋代抗金名将，后为宰相，封魏国公。再往后的张天复，是嘉靖二十六年（1547）进士，授礼部主事，历官云南按察副使，迁甘肃行太仆卿。其子元忭，隆庆五年（1571）状元，授翰林院修撰，升任翰林院侍读。元忭之子汝霖，万历二十三年（1595）进士，授清江令，迁兵部主事，历任山东、贵州、广西副使等职。汝霖之子耀芳，即张岱的父亲，少工举子业，然而屡试不中，后为山东鲁王长史。

由此可以看出，张岱出生在一个世代为官的士大夫家庭，这对他兴趣爱好的形成以及个性品格都有很大影响。

张岱家族在张元忭一代最为荣显隆盛，元忭的人品、学问、地望皆垂范后世。嘉靖三十四年（1555），十七岁的元忭惊闻弹劾奸相严嵩"五奸""十罪"的杨继盛被处决于西市的消息，十分悲愤，公然设位作文哭祭之，闻者不禁咋指吐舌。其父天复曾经被嫉妒之人所中伤，元忭为父亲申冤，往返于云南、北京之间，奔驰数万里，忧愁劳顿，鬓发变白。等到自己做官时，又以清廉自守，从未因私事到地方官府请托，"然事关公义，则侃侃无少避"。因此口碑甚佳。

张岱的父亲耀芳也急公好义，在山东时曾代理嘉祥县事，为救前任县令赵某的困厄，他慷慨解囊，代偿所欠库银一千八百两。当地百姓十分感动，纷纷捐钱要为他立碑。耀芳处理县务十分公正，平反了多起冤狱。应该说，先辈们的这些节操风范对张岱的影响也是很大的。

张岱的高祖、曾祖、祖父还都是学者、藏书家，且有治史的传统。张天复著有《湖广通志》《广舆图考》，张元忭著有《皇明大政记》《读史肤评》。张天复父子共修《绍兴府志》《会稽县志》《山阴县志》，时人譬之司马谈、司马迁父子。这也是张岱把修撰明史作为自己一项重要使命的原因，他说"自幸吾先太史有志，思附谈、迁，遂使余小子欲追彪、固"。张岱花费数十年时间完成的《石匮书》，记载了明代洪武至天启二百六十年间的史事，材料宏富而翔实；又完成《石匮书后集》，记载崇祯一朝和南明史事，价值也很高。这是以实际行动达成了自己的宏愿。

还需指出的是，张氏几代也是著名的文人，常游于文坛艺苑，结识了许多文学家、艺术家。张元忭曾救同乡徐渭出狱，与汤显祖、屠隆等也交谊深厚。张汝霖的文友也很多，如陈继儒、黄汝亨等都是文坛名流。张岱的叔父张烨芳逝世之日，文人雅士纷纷来吊。生活在这样一个充满文艺氛围的家庭，张岱自然对文学艺术有着极大的兴趣，他能写出大量脍炙人口的小品文、成为多才多艺的文学家，与这种环境的熏染有很大关系。

张氏家族传到张岱的父亲耀芳一代，渐渐显露出衰落的迹象。耀芳很想振兴祖业，无奈屡困科场，年过半百，也未登科。他又不善料理家务，花钱如流水，家底一点点被消耗。于是，张耀芳便把重振家风、光耀门第的希望寄托在儿子张岱身上。张岱自幼聪敏过人，有"神童"之誉，他不忘家族对他的期望，刻苦用功，想成就一番大事业。

当时，明朝已经江河日下，社会危机四伏。魏忠贤专政时，大肆排斥、杀戮贞良之臣。包括张岱在内的一些有识之士希望能够得到朝廷的赏识和重用，以济国于艰危，救民于水火，这就是所谓的"补天"之志。张岱也曾说过："张子志在补天。"然而，当时要想"补天"，就要先过科举一关。于是，张岱早年也与其父一样，学习"举业"，结果也名落孙山。"满腹才华，满腹学问，满腹书史，皆无所用之"，这深深刺痛了张岱的心，他感到科举制度的弊端，认为它摧残人才，贻害国家。科场的失利，加深了张岱对现实的认识和对腐朽统治的不满，他开始写文章揭露当时社会的问题，借以抒发胸中的不平之气。

著述、游历与交友

后来,张岱毅然放弃科举,而专事著述、游历和交友,开始了他的"文学艺术"生涯。

三十二岁时,年富力强的张岱开始了《石匮书》的写作,如前文所述,这是他的一项宏伟目标。撰写期间,发生了巨大的历史变革——明清鼎革,在国破家亡的艰难条件下,张岱忍受着精神上的痛苦和生活上的艰辛,以惊人的毅力,求实的精神,"事必求真,语必求确,五易其稿,九正其讹",历经三十余年,终于完成了这部卷帙浩繁的明史巨著。

在潜心史学的同时,张岱又从事各种文学艺术活动。他有着广泛的兴趣爱好,曾说自己"少为纨绔子弟,极爱繁华,好精舍,好美婢,好娈童,好鲜衣,好美食,好骏马,好华灯,好烟火,好梨园,好鼓吹,好古董,好花鸟,兼以茶淫橘虐,书蠹诗魔";他通音乐,深于琴理,又善篆刻与书法,真是多才多艺。

当时的文人还喜欢游山玩水,张岱亦然。他曾说"余少爱嬉游,名山恣探讨"。其游踪主要在东南沿海一带;长江以北,到过辽宁、河北、山东等地。所至名山，有山东泰山、浙江普陀、安徽齐云、湖北武当等。他尤其熟悉吴越地区，此地也是当时商品经济发达、文化昌盛、市民集中的地区。在这里，张岱除了领略山水名胜，还了解到熙熙攘攘的市民生活，丰富多彩的民俗人情，各种各样的市井人物，从而开阔了自己的眼界，增长了见识。

在游历和艺术活动中，张岱还结识了许多奇人才士，其中包括官吏、文士、工匠、伶人，还有僧人、道士等。而相交最多最深的，还是那些不得志的文人（张岱称之为"寒士"）和民间艺人。张岱交友广而不滥，极重感情的交流，强调待人以诚，且对那些品节高尚、才华出众的友人，不论地位，皆倾心相与，推崇备至。从众多益友那里，他吸取了丰富的思想、艺术养料和创作素材。

丰富的学识，加上广泛的爱好、广博的见识，还有众多益友，是张岱成为一代文学家和史学家的基础。他的作品文笔斐然、内容丰富、入情入理，都归功于此。他能编成《夜航船》这样的百科全书，更与他的博学多闻分不开。

明清易代,晚景苍凉

崇祯十七年(1644),李自成农民起义军推翻了明朝统治;不久清军入关,占领北京,建立了清朝,这是中国封建社会最后一个王朝。

明清鼎革,对张岱来说就是国破家亡。当时,南明鲁王邀请张岱为自己效力,张岱见"时事日非",乃未赴任;当然,他也不愿意在清朝做官,于是隐居于绍兴嵊县(今嵊州)山中。此时,他已是"身无长物,委弃无余",所存者破床碎几、折鼎病琴,与残书数帙、破砚一方,常常"瓶粟屡空,不能举火"。此前的一些故旧见了他也纷纷躲避,不愿接纳。睹此世态炎凉,经历了家庭的彻底破产,张岱甚至想"自决"。但由于写了近二十年的《石匮书》尚未完成,他才打消了自杀的念头,在隐忍中坚持著述。

此时的张岱已由一个名门大族沦落为贫困农户。在嵊县山中大约住了一年,他回到山阴,避居郊外三十里处的项里,后又搬入城里。为了生活,他要亲自耕种,虽然很不适应,但也要"习惯成自然"。

在艰难困苦的生活条件下,张岱保持着豁达乐观的精神，以坚韧不拔的毅力从事著述，完成了一部又一部著作。从四十八岁到辞世的四十六年间，是张岱一生中最困难、最痛苦的岁月，也是他获得丰硕成果的季节，《石匮书》《陶庵梦忆》《西湖寻梦》《快园道古》《四书遇》《夜航船》等著作，流传至今，是我们了解张岱和明朝社会的重要资料。

关于《夜航船》的一段疑案

对于《夜航船》的真伪，曾经有人产生过怀疑。由于《夜航船》写成后并未刊刻，仅有钞本流传，且阅者很少。直至1987年，刘耀林先生才以天一阁所藏观术斋钞本为底本对此书进行了校注，其面目才大白于天下。然而，因为观术斋钞本的年代较晚，所以有人对此书的真实性提出了疑问。此外，张岱在康熙四年（1665）曾为自己作了篇《自为墓志铭》，其中提及他的著作有《石匮书》《张氏家谱》《义烈传》《琅嬛文集》《明易》《大易用》《史阙》《四书遇》《梦忆》《说铃》《昌谷解》《快园道古》《傒囊十集》《西湖梦寻》《一卷冰雪文》等，却未提及《夜航船》。而且《西湖梦寻》的自序作于康熙十年（1671），也就是说在作墓志铭时《西湖梦寻》尚未完成，未完稿都被列入，《夜航船》却只字未提，所以认为此书是后人托名张岱所作。

其实，有几个证据可以证明此书确为张岱所作，并非伪书。

首先，康熙五十六年（1717），张岱之孙张礼为《西湖梦寻》作《凡例》，云其"素多撰述，所著如《陶庵文集》《石匮全书》以及《夜行船》《快园道古》"，其中的《夜行船》当即《夜航船》。此外，《西湖寻梦》未完成却被写入《自为墓志铭》，而没有列《夜航船》，很可能是此时张岱还没有开始《夜航船》的编写工作，这部书当成于张岱一生的后十年间。当然，由于此书内容庞杂，绝非短期内可以完成，也许作者此前一直在搜集相关资料，直到晚年才将这些资料编辑成书。

其次，《夜航船》的内容与张岱《快园道古》及《西湖梦寻》等有重合的地方，如此书述雷峰塔之得名、周新断案、虎跑泉、六一泉、天竺寺木刻观音之来历等，文句皆与《西湖梦寻》大体相同，甚至有些张岱的误记都是一样的。如《西湖梦寻·明圣二湖》云："故余尝谓：'善读书，无过董遇三余。而善游湖者，亦无过董遇三余。董遇曰：冬者，岁之余也；夜者，日之余也；雨者，月之余也。'""雨者，月之余也"不可解。其实《三国志》原文为"或问三余之意，遇言：'冬者岁之余，夜者日之余，阴雨者时之余也。'"可见，张岱对此典有误记。而《夜航船·天文部·时令》中有"三余"一条云："谓冬者岁之余，夜者日之余，雨者月之余。魏董遇以三余读书。"与前者全同。这一小误恰恰成为判定两书同出于一个作者的证据。

最后，观术斋钞本抄录年代虽晚，但也有渊源。此钞本为天一阁所藏，但并非范氏旧物，而出自朱鄷卿先生所捐之别宥斋藏品。《别宥斋藏书目录》著录了两种《夜航船》，一种是："《夜航船》二十卷：明题陶庵老人撰，清观木（当作'术'）斋绿丝栏钞本，十册，有'朱别宥收藏记，朱文长方印'。"另一种著录云："《夜航船》二十卷：明张岱撰，有'杳句赏心'朱文方印。"前者被收入《续修四库全书》。

由此看来，《夜航船》当出自张岱之手无疑，是张岱留给后人的一部小型百科全书式的作品。

编纂目的和原则

说到《夜航船》的编纂目的,作者是有一个清晰的定位和构思的。他在《夜航船序》中说道:"余因想吾八越,惟余姚风俗,后生小子,无不读书,及至二十无成,然后习为手艺。故凡百工贱业,其《性理》《纲鉴》,皆全部烂熟,偶问及一事,则人名、官爵、年号、地方枚举之,未尝少错。学问之富,真是两脚书厨,而其无益于文理考校,与彼目不识丁之人无以异也。"意思是,我由此想到我们浙江绍兴、余姚有这样的风俗,年轻人没有不读书的,等到二十岁还没有取得成就的人,就改学手艺。所以所有从事工艺制造行业的人,对于《性理》《纲鉴》都烂熟于心。偶然问到其中的一件事,则人名、官爵、年号、地点,他们都能一一列举出来,并且未曾出现一点儿差错。他们的学问真富有啊,简直可以算是两只脚的书橱,但这些对文章的词句、内容的条理和校正并没有益处,这样便和那些不识字的人没有任何区别了。这是对只记人名、官爵等的"两脚书橱"进行了批评,认为这于"学问文理"或"文理考校"并无用处。张岱在这里所提出的"文理",应该指纵贯的线索与对总体规律的认识。

　　他继而讲了一个我们熟知的"且待小僧伸伸脚"的故事，来说明自己编撰《夜航船》的用意。故事的内容是：过去，有一个僧人和一个读书人一同住宿在夜航船上。读书人的高谈阔论，使僧人既敬畏又害怕，缩着脚睡了。后来僧人听他的话中有疏漏的地方，于是就问道："请问，澹台灭明是一个人还是两个人？"读书人说："是两个人。"僧人又问："这样的话，尧舜是一个人还是两个人？"读书人答："当然是一个人了。"僧人笑了笑说："这样说起来的话，还是让小僧伸伸脚吧。"于是张岱总结道："余所记载，皆眼前极肤浅之事，吾辈聊且记取，但勿使僧人伸脚则可已矣。"于幽默诙谐的言语之中，体现了一种学以致用的思想，同时提出将此书命名为"夜航船"。

　　说到"夜航船"，其实是与张岱的江南生活分不开的。夜航船是江南水乡特有的在夜间行驶的船只，具有浓郁的地方文化色彩。其名流传亦久，陶宗仪《南村辍耕录》卷十一云："凡篙师于城埠市镇人烟凑集去处，招聚客旅装载夜行者，谓之夜航船。太平之时，在处有之。然古乐府有《夜航船曲》，皮日休诗有'明朝有物充君信，携酒三瓶寄夜航'之句，则此名亦古矣。"由此可见，夜航船在江南水乡与人们的关系非常密切，是他们生活中的一部分。张岱以"夜航船"为书名，也蕴含着这本书的内容和夜航船一样与人们息息相关，是一本通俗的读物。

张岱编撰《夜航船》主要有两个原则，一是近俗，二是致用。他从这两个角度出发，借鉴古代一些类书的分类标准，把全书分为天文、地理、人物、考古、伦类、选举、政事、文学、礼乐、兵刑、日用、宝玩、容貌、九流、外国、植物、四灵、荒唐、物理、方术二十部，每部分若干类，每类又有若干条目，如"外国部"分"夷语、外译"两类，"外译"又分"朝鲜国、日本国"等四十二条，全书共计四千多个条目。这样细致的分类，容括了天地万物和社会生活的各个层面。而且条目的取材范围极广，包括正史、诗词、笔记、稗说甚至俗谚、传闻等。以一己之力完成这样丰富的内容和繁多的条目，我们不得不惊叹于张岱兴趣之广、记闻之博、学问之深。

不得不说的特点

从内容、编排和具体条目的选择来看,《夜航船》主要体现了三个方面的特点:

其一是鲜明的人文倾向。作为一位深受儒家思想熏陶并感受晚明市民思潮的学者,张岱始终关注着社会的情况。《夜航船》的人文倾向主要体现在对社会、政治、伦理的记录上。《夜航船》中与此相关的人物、伦类、选举、政事、文学、礼乐诸部占了该书的一半篇幅。在天文、地理等部,张岱也是重点介绍与社会、政治相关的星象变异、地理沿革等内容,表现出对人文的关注。此外,是对世俗社会生活的观察,《夜航船》中的日用、宝玩、九流、物理、方术诸部,涉及晚明市井生活的各个方面,张岱通过自己的耳闻目见给我们提供了晚明市井的鲜活资料,是今人研究晚明史的重要参考。

其二是文理考校的格局。在内容的编排上,张岱往往围绕某一专题从古到今娓娓道来,如山川地理的沿革,历代典章文物的发展变化,无不体现一种纵贯的格局,给人以整体而系统的知识,显示出史家的眼光。正是由于《夜航船》文理考校的格局，使这本书具有稳健扎实的功底和较强的实用价值。

其三是通俗幽默的语言。《夜航船》一书的文字幽默诙谐，这与作者的乐观精神和广阔胸襟是分不开的。从《夜航船序》中"且待小僧伸伸脚"便可领略作者的幽默风趣；在一些具体条目的编选上，作者采用了当时一些俗谚、传说和古代典籍中的幽默故事。这种语言散发着智慧之光，提高了读者的兴趣，增强了可读性，降低了阅读难度，从而表现出鲜明的近俗倾向。

总之，《夜航船》以鲜明的人文倾向、文理考校的格局和通俗幽默的语言成为一部流传至今的经典作品。这部书可以看作张岱对于中国传统文化的通俗阐释，体现了一位饱经忧患的学者为传播和弘扬中华文化而付出的一片苦心和深情，值得我们细细品读。

经典诵读：《夜航船》选读

天、地、人谓之三才。混沌之气，轻清为天，重浊为地。天为阳，地为阴。人禀阴阳之气，生生不息，与天地参，故曰三才。（《夜航船·卷一·天文部》）

天、地、人三者被称为"三才"。世界初成时的混沌之气中，轻而清的上升为天，重而浊的下降为地。天是阳，地是阴。人承受阴阳之气，生生不息，从而与天、地并列为三，所以就称为"三才"。

荧惑，火星也。守心，谓行经心度，住而不过也。宋景公时，荧惑守心。公问子韦，对曰："祸当君，可移之相。"公曰："相，吾辅也。不可！"曰："移之民。"曰："民死，吾谁与为君？"曰："移之岁。"曰："岁饥则民死。"子韦曰："君有至德之言三，荧惑必三徙。"果徙三舍。(《夜航船·卷一·天文部》)

荧惑是指火星。守心，说的是火星经过心度时停下不走了。宋景公的时候，碰上了一次荧惑守心。宋景公问子韦这有什么预兆，子韦回答说："这个灾祸是针对君王的，可以移到宰相身上。"宋景公说："宰相是我的辅臣，不可以啊！"子韦又说："那就转移给百姓。"宋景公说："百姓要是死了，我给谁当君主啊！"子韦再说："移给收成吧。"宋景公说："收成不好百姓还是会饿死。"子韦说："君主有三次充满仁德的话，火星一定会有三次迁徙。"后来火星果然移了三座星宿的位置。

晋谢太傅大雪家宴，子女侍坐。公曰："白雪纷纷何所似？"兄子朗曰："撒盐空中差可拟。"兄女道韫曰："不若柳絮因风起。"公大称赏。(《夜航船·卷一·天文部》)

东晋谢太傅（谢安）在大雪时摆开家宴，子女都在坐侍候。谢安说："纷纷扬扬的白雪像什么？"他兄长的儿子谢朗说："勉强可以用在空中撒盐来比拟吧。"他另一个兄长的女儿谢道韫则说："不如说像柳絮因风而飞舞。"谢安大为赞赏。

三皇之书曰《三坟》，五帝之书曰《五典》。《抱朴子》云：《五典》为笙簧，《三坟》为金玉。少昊、颛顼、高辛、唐、虞之书谓之《五典》。坟，大也。三坟者，山坟、气坟、形坟也。山坟，言君臣、民物、阴阳、兵象。气坟，言归藏、发动、长育、生杀。形坟，言天地、日月、山川、云气。即伏羲、神

农黄帝之书。(《夜航船·卷八·文学部》)

三皇的书籍叫作《三坟》，五帝的书籍叫作《五典》。《抱朴子》记载说：《五典》就是音乐中的笙簧，《三坟》就是金玉。少昊、颛顼、高辛、唐尧、虞舜的书被称为《五典》。坟，就是"大"的意思。三坟，是指山坟、气坟、形坟三部分。山坟，主要说君臣、民众的财物、阴阳、兵象；气坟，主要说蛰藏、发动、成长、生杀；形坟，主要说天地、日月、山川、云气。就是伏羲、神农、黄帝的书籍。

十三 | 《聊斋志异》：
蒲松龄笔下的神鬼故事集

蒲松龄和《聊斋志异》

提起蒲松龄，我们第一时间想到的就是他的代表作——文言短篇小说集《聊斋志异》。

蒲松龄字留仙，一字剑臣，别号柳泉居士，山东淄川蒲家庄（今山东淄博淄川区洪山镇蒲家庄）人。生于1640年，卒于1715年，享年七十六岁。

蒲松龄出生之时，正赶上明末清初鼎革之际，兵荒马乱，自然灾害频繁发生，但知识分子的追求目标——科举，却没有丝毫的改变。蒲松龄的家族在淄川算得上是书香世家。明朝万历年间，全县食饩的秀才共八人，蒲氏家族就占了六人。高祖蒲世广是廪生，曾祖蒲继芳是庠生，到了祖父蒲生汭这一代，由于没有考中秀才，家道开始衰落。

蒲松龄的父亲名槃，字敏吾，也没有考中秀才，后来干脆放弃科举做起了生意。不过，他在做买卖的同时，也继续学习经史，"博洽淹贯，宿儒不能及也"。由于四十多岁还没有儿子，蒲槃便不再经商，而是用钱周贫建寺，吃斋念佛。信仰佛教，大概是为了多行善事，以求菩萨给自己带来个儿子吧，这在当时的封建社会是比较流行的做法。由于失去了经济来源，到了晚年，蒲槃的家境艰难起来，然而却连连得子。蒲松龄是嫡妻董氏所生的第二子。可以看出，蒲松龄出生在一个家道中落却有书香门风的家庭。

由于家庭生活困难，请不起教师，蒲松龄兄弟们的教育，一直由父亲蒲槃承担。顺治十五年（1658），十九岁的蒲松龄第一次参加了县府道考试，以三个第一名考中了秀才。他的文章甚至得到了淄川县知县、山东学政等人的赞赏。此时的蒲松龄可谓志得意满，对前途充满着希望，今后的一切功名似乎都唾手可得。谁知，造化弄人，这次赞赏是蒲松龄在科场中第一次获得的殊荣，却也是最后一次。此后，蒲松龄连连参加乡试，每次都铩羽而归，直至知天命之年，在其夫人的劝说下才终止了这种既无谓又无望的拼搏。

世上有些事情就是这样。自己追求了一辈子，为之呕心沥血，忙得死去活来，却没有理想的结果；而只是随心所欲，浮白载笔，抒发真情实感的作品，却让作者留下了不朽的声名。蒲松龄大概就属于这一类人。科场的失意，使他没有机会以显赫的政绩彪炳史册，却凭借《聊斋志异》一书为后人所敬仰。

其实，早在少年时代，蒲松龄就"每于无人处时，私以古文自效"，流露出对文学的喜爱并显露出其自身的天赋。据学者研究，《聊斋志异》共有六次成书过程。

第一次成书约在康熙三年至康熙八年（1664—1669），即蒲松龄二十五岁至三十岁之间。此时，蒲松龄与挚友张笃庆有唱和诗，张笃庆《和留仙韵》有"君自神仙客"，"司空博物本风流"，"君自黄初闻正始"等句。蒲松龄既然以"神仙客"、仙人黄初平、博物司空张华而闻名于同人之中，可以断定，以他"少负异才"且"雅爱搜神""喜人谈鬼"的品性，当时应该写有相当数量的篇目，且已有写成一部专书的计划。此外，由这些称誉可知，蒲松龄所记这些搜神、谈鬼之篇，一开始就被视为可与"张华《博物志》"（《博物志》是我国古代的一部神话志怪小说集，由西晋张华编撰）并列之作，这体现了时人对蒲氏《聊斋志异》（不管当时书名是否为《聊斋志异》）的评价。

第二次成书是在康熙十八年（1679），即蒲松龄四十岁时。在《聊斋志异》成编以后，蒲氏"雅爱搜神""喜人谈鬼"的兴趣没有终结，其"闻则命笔"的习惯也没有改变，况且《聊斋志异》作为短篇小说集，可以无限制地扩充。就在这次成书之际，蒲松龄写了《聊斋志异》的序言，名为《聊斋自志》。序中体现的是蒲松龄中年的心路历程和这一阶段《聊斋志异》的创作宗旨。序言强调《聊斋志异》有着现实的劝惩和明确的批判目标，也流露出蒲松龄生计的窘迫，以及在科场中怀才不遇、渴望知己的创作心态。

第三次成书是在康熙二十一年（1682），即蒲松龄四十三岁时。从四十岁到四十三岁，蒲氏续作了多少篇，已不可考，然《祝翁》《水灾》是在康熙二十一年所作。也是在这一年，蒲松龄将《聊斋志异》重新作了编定。

第四次成书是在康熙二十八年（1689），即蒲松龄五十岁时。有意思的是，由于蒲松龄在官员王士禛的幕府工作，两人同时或先后得到一些同一来源或同一传播渠道的故事，他们将这些故事各自记入自己的书中：王氏记入《池北偶谈》，蒲氏记入《聊斋志异》。因此，我们今天看这两本书中有一些篇目是相同的。康熙二十八年，王士禛作成《池北偶谈》，蒲松龄则将《聊斋志异》重新编定，请王士禛阅评，于是有王士禛题七绝一首："姑妄言之姑听之，豆棚瓜架雨如丝。料应厌作人间语，爱听秋坟鬼唱时。"蒲氏依韵答诗云："《志异》书成共笑之，布袍萧索鬓如丝。十年颇得黄州意，冷雨寒灯夜话时。"从康熙十八年蒲氏集大成性编成《聊斋志异》并作《自志》，到这次重编成书，正好十年。

此后，在康熙三十八年（1699）蒲松龄六十岁和康熙四十七年（1708）左右，即蒲松龄六十九到七十岁时，他又对《聊斋志异》进行过两次编订，还补充了一些篇目。七十岁以后，蒲氏便搁笔了。

目前，通行本《聊斋志异》共四百九十余篇（张友鹤《聊斋志异会校会注会评本》为四百九十一篇，朱其铠《全本新注聊斋志异》为四百九十四篇）。该书题材广泛，内容丰富，人物形象鲜明生动，故事情节曲折离奇，结构布局严谨巧妙，文笔简练，描写细腻，堪称文言短篇小说的巅峰之作。

"聊斋"是蒲松龄的书斋吗

一般认为，"聊斋志异"的意思是在"聊斋"里记录奇异的故事。那么，"聊斋"是什么呢？是蒲松龄的书斋吗？

乾隆五年（1740），距蒲松龄逝世仅二十五年，他的孙子蒲立德为《聊斋志异》作跋，说："《志异》十六卷，先大父柳泉先生著也。先大父讳松龄，字留仙，别号柳泉。聊斋，其斋名也。"照理说，最了解蒲松龄的应该是他的后代，其孙之言应属定论。但让人奇怪的是，蒲松龄本人与其朋友几乎从来没有说过"聊斋"是其斋名的话。因此，有学者提出了两点疑问：一是既然《聊斋志异》以"聊斋"命名，为什么在文献中对"聊斋"的解释极少？二是据记载，《聊斋志异》本来不叫此名，而叫《志异》，这从其友人的记载中随处可见。马瑞芳先生的《马瑞芳揭秘〈聊斋志异〉》中说："人们往往都认为蒲松龄的书斋当然是'聊斋'。其实，'聊斋'最早仅是蒲松龄写《聊斋志异》时虚拟的一个书斋，现实生活中他的书斋先是叫'面壁斋'，后又叫'绿屏斋'，最后才定为'聊斋'。"由此可见，"聊斋"是不是蒲松龄的书斋名还有待考察，或者说，还没有足够的材料来证明就是他的书斋名。

其实，与其说"聊斋"是蒲松龄的书斋，不如说是他的"心斋"。这里的"心斋"可以定义为"心灵寄托之斋"。为什么这么说呢？如前所述，蒲松龄虽喜欢谈天、谈地、谈狐、谈鬼，但纵观其一生，他更喜欢科举，甚至为之付出了毕生的精力，结果每次都是两手空空而归。写作《聊斋志异》在一定程度上是他的精神寄托，"聊"字的一个意思就是"寄托、依赖"，我们常说的"百无聊赖""无聊"就是此意。而"无聊"也有两种解释，一是无以为生，二是精神无所寄托，此处当取第二种。蒲松龄在《聊斋自志》中说："浮白载笔，仅成孤愤之书。寄托如此，亦足悲矣！"正是这个意思的真正流露！在"心斋"中，蒲松龄寄托了自己无穷的心事，在极端落寞中得到些许安慰和满足。而这也是蒲松龄创作《聊斋志异》的一个动机。

素材来源

人们都说艺术来源于生活而高于生活，《聊斋志异》正是这样的一部作品。必须承认，《聊斋志异》的成书有其地域文化传统的因素，蒲松龄的家乡淄川古属齐地，是北方神仙方术和浪漫文化的渊薮，"山东多狐狸，尝闻狐狸成精，能变男女以惑人"，"凡村皆有神祀以寄歌哭"，"习俗披靡，村村巫戏"——这些为成书提供了文化背景；而更重要的是蒲松龄个人生活经历的升华。

比如，在蒲松龄十几岁的时候，父亲为他定了亲。岳父刘季调是一个老秀才，为人端方正直。蒲家托媒提亲时，曾有人以蒲家贫穷加以阻挠，但刘季调很满意蒲家的书香门风，尤其钦佩蒲槃的人品，坚定地答应了这门亲事。顺治十二年（1655），蒲松龄十六岁时，谣传朝廷要选民女充实后宫，于是人心惶惶，纷纷嫁女。刘季调便把女儿送到蒲家避难。过了两年，蒲松龄正式迎娶妻子。书香门第的女儿嫁给穷秀才，穷秀才发奋以报，这是《聊斋志异》中一个很突出的主题。蒲松龄一辈子拼命参加科考，固然有家族、社会的因素，可能也有对以身相许的妻子的报答之情！

又如，大约在蒲松龄的大儿子出生之后，他的大家庭发生了分裂。其原因，据蒲松龄在《刘孺人行实》中披露，是来自他大嫂的吵闹。蒲松龄的大嫂性格很凶悍，给予蒲松龄很深的刺激，这成为后来《聊斋志异》中《孙天官女》《江城》《吕无病》等篇中悍妇的原型。

再如，蒲松龄在江南期间游历了许多地方。他游淮阴，凭吊霸王祠，泛邵伯湖，登北固山，游历了扬州，"始知南北各风烟"。对于江南民俗的调研了解，给《聊斋志异》叙述有关南方的故事注入了活力。《青蛙神》《五通》《晚霞》《王桂庵》等篇之所以具有那么浓郁的江南水乡气息和风采，得益于他的江南之行。值得一提的是，南游期间，蒲松龄还结识了一个名叫顾青霞的歌妓。她会唱曲，善吟诗，蒲松龄很欣赏她的吟诵技巧，称赞说："曼声发娇吟，入耳沁心脾。"在《白秋练》《连琐》等篇中我们都可以看到这个爱吟诵诗歌的少女的影子。

最后，《聊斋》中关于科举的故事是蒲松龄苦闷不平心理的抒发，既是对科举的揭露、讽刺和鞭挞，也记录了他的心路历程。像《叶生》篇写文章辞赋冠绝当时却久困科场的叶生，死后仍以幻形留在世上设帐授徒，使知己之子成名中举。文末有一大段"异史氏曰"，抒发其科举失意的悲愤。后来，蒲松龄逐渐认识到科场之腐败，于是又对考场舞弊等现象进行了揭露，并对试官的"目中无文"加以嘲讽。

现代价值

《聊斋志异》虽是一部短篇小说集，而且内容多与神鬼有关，但其故事背后却有一定的内涵和道理，于今不无借鉴意义。

首先，《聊斋志异》体现了亲切和谐的自然观。《庄子·齐物论》说："天地与我并生，而万物与我为一。"在蒲松龄的笔下，万物有情有义，充满灵性与智慧，无论是狐狸花鸟还是虎蛇龙鳖等，皆与人亲密自然地接触，和谐地相处。这是对中国古代万物有灵、物我真诚沟通思想的继承与发展。像《娇娜》中孔生是凡人，娇娜一家是狐。但娇娜于孔生有疗疾之恩，娇娜兄与孔生则有朋友之谊，娇娜姨姐与孔生更有夫妻之情，孔生以身赴难，救娇娜免遭雷霆之劫。此后他们更是同归同处，与公子兄妹"棋酒谈宴若一家然"。这种人与物或人与自然的和谐相处，是蒲松龄所追求和向往的。

其次，《聊斋志异》体现了蒲松龄忧生爱民的人生观。如《冤狱》中朱生被冤拟斩，关帝前周将军附体杀人真凶，指斥昏官，从而使冤狱平反，朱生得以活命。蒲松龄在结尾处用超出原文的笔墨对讼狱进行了义正词严的谴责："讼狱乃居官之首务，培阴鸷，灭天理，皆在于此，不可不慎也。躁急污暴，固乖天和，淹滞因循，亦伤民命。一人兴讼，则数民违时；一案既成，则十家荡产。"蒲松龄愤愤不平地指出了昏官对民命、对百姓生活处境造成的深刻影响,也反映出他关心百姓疾苦和忧生爱民的意识。

再次,《聊斋志异》体现了对"悌"道的弘扬。"悌"的含义,《说文解字》解释为"悌,善兄弟也"。"善兄弟"即善待兄弟、友爱兄弟。清代学者程允升在《幼学琼林》中写道,"世间最难得者兄弟",体现了清人对兄弟之情的看重。为了弘扬悌道,蒲松龄在《聊斋志异》中撰写了一些兄弟相亲相爱的篇章,其代表为《张诚》。故事说的是齐地一在河南经商的张姓男子,因家乡发生战乱,于是就在河南安了家。此后娶了两任妻子,前妻生子张讷后,不久病逝,继妻牛氏,生子张诚。牛氏为人悍妒异常,对张讷非常凶狠。有一次,张讷去山上砍柴,因遭遇暴风雨,砍的柴数量不够,牛氏便不让他吃饭。当放学归来的张诚得知原委后,不声不响地偷出面让邻居做给哥哥吃。并且从第二天开始,他主动到山上帮哥哥砍柴,没有斧子,就"手足断柴助兄",即便手指头磨破了,鞋子磨穿了,也不改初衷。同样,哥哥张讷对弟弟也十分友爱,甚至为了救弟弟不惜牺牲自己的性命。这种体现兄弟手足情深的故事,宣扬的是一种正能量。

　　最后，《聊斋志异》中对封建统治阶级的腐败与黑暗进行了揭露，痛斥了各色贪官污吏残酷和丑恶的行径，体现了作者的正义感。蒲松龄的中青年时代虽然生活在所谓的康熙盛世，但由于封建社会体制的痼疾，还是挡不住有些官吏的"市恩立威，连接党羽，贩鬻官爵，任意派缺，交结靳辅，牵制言官"。蒲松龄目睹了这一切，便借助一个个离奇的鬼神故事来反映现实。如在《韩方》一篇中，他借助冥间枉死之鬼去鬼都投诉，沿途受到阴间鬼吏索贿的故事来讽刺当时的官吏巧立名目，向下层民众盘剥。他在篇末评道："沿途祟人而往，以求不作邪祟之用，此与策马应'不求闻达之科'者何殊哉！天下事大率类此。犹忆甲戌、乙亥之间，当事者使民捐谷，具疏谓民'乐输'。于是各州县如数取盈，甚费敲扑。时郡北七邑被水，岁祲，催办尤难。唐太史偶至利津，见系逮者十余人。因问：'为何事？'答曰：'宫捉吾等赴城，比追"乐输"耳。'农民不知'乐输'二字作何解，遂以为徭役敲比之名，岂不可叹而可笑哉！"这段文字直接针对时弊，揭露了那些贪官污吏实际上是半官半寇，借用权势，巧立名目，强取豪夺。而在《席方平》一篇中,蒲松龄更是借冥间官吏的贪赃枉法、横行霸道来抨击现实政治的黑暗与腐败。从这个角度说,《聊斋志异》也称得上是一部现实主义作品。

经典诵读:《聊斋志异》选读

韩 方

明季,济郡以北数州县,邪疫大作,比户皆然。齐东农民韩方,性至孝。父母皆病,因具楮帛,哭祷于孤石大夫之庙。归途零涕,遇一人衣冠清洁,问:"何悲?"韩具以告,其人曰:"孤石之神不在于此,祷之何益?仆有小术,可以一试。"韩喜,诘其姓字。其人曰:"我不求报,何必通乡贯乎?"韩敦请临其家。其人曰:"无须。但归,以黄纸置床上,厉声言:'我明日赴都,告诸岳帝!'病当已。"韩恐不验,坚求移趾。其人曰:"实告子:我非人也。巡环使者以我诚笃,俾为南县土地。感君孝,指授此术。目前岳帝举枉死之鬼,其有功人民,或正直不作邪祟者,以城隍、土地用。今日殃人者,皆郡城北兵所杀之鬼,急欲赴都自投,故沿途索赂,以谋口食耳,言告岳帝,则彼必惧,故当已。"韩悚然起敬,伏地叩谢,及起,其人已渺。惊叹而归。遵其教,父母皆愈。以传邻村,无不验者。

异史氏曰:沿途祟人而往,以求不作邪祟之用,此与策马应"不求闻达之科"者何殊哉!天下事大率类此。犹忆甲戌、乙亥之间,当事者使民捐谷,具疏谓民"乐输"。于是各州县如数取盈,甚费敲扑。时郡北七邑被水,岁祲,催办尤难。唐太史偶至利津,见系逮者十余人。因问:"为何事?"答曰:"官捉吾等赴城,比追'乐输'耳。"农民不知"乐输"二字作何解,遂以为徭役敲比之名,岂不可叹而可笑哉!

明代末年,济南郡以北好几个州县,盛行瘟疫,家家都有病人。齐东有个叫韩方的农民,很孝顺,父母都染上了疫病,急得没法,便备好祭品,到孤石大夫庙中痛哭为父母祈祷。回去的路上,还在伤心地落泪。忽然碰见一个衣着整洁的人,问韩方:"什么事这样悲伤?"韩方详细告诉了他。那人说:"孤石大夫是很神验,但不在治疫病上,向他祈祷有什么用?我有个小办法,倒可以试试。"韩方大喜,询问其姓名,那人说:"我不求报答,何必告诉你姓名籍贯?"韩方又恳求他去自己家。那人说:"不必。你回家后,拿张黄纸放到床上,厉声说'我明天去鬼都告诉东岳大帝',你父母的病就会好了。"韩方恐怕不灵验,执意请那人去家里。那人说:"实话告诉你,我不是凡人。巡环使者见我忠厚诚实,让我做了南乡土地。我为你的一片孝心所感动,所以教给你这个方法。现在,东岳大帝正从枉死鬼中选拔那些对老百姓有功或一生正直、不作邪祟的,用作城隍、土地。这些行瘟疫害人的,都是郡城中被北兵杀死的冤鬼,急着要去鬼都向岳帝自荐,所以沿途索贿,借此糊口。你说要告诉岳帝,他们一定害怕,病就好了。"韩方听罢,又惊又敬,忙伏地叩头谢恩,起来一看,土地已无人影。他叹息着回到家中,按照土地说的去做,父母果然好了。又把这方法传到邻村。无不灵验。

异史氏说:沿途作祟害人,只是为了到鬼都证明自己不是作奸弄祟的鬼,这与举子进京赶考,却宣称"不是为了出人头地"的人又有什么区别啊!天下的事情大多与此类似。还记得甲戌、乙亥年之间,当官的让百姓捐粮食,上疏时却说百姓"乐于捐粮"。于是各州各县都如数捐够了粮食,很是动用了一番刑罚。当时济南北部的七个县遭受水灾,发生了饥荒,催办捐粮的事宜尤其难以进行。唐太史偶然来到利津,见监狱里关着十几个农民,便问道:"为了什么事情被抓呀?"农民回答道:"官府把我们捉到城里,是向我们追缴'乐输'。"这些农民不明白"乐输"两个字是什么意思,就以为和徭役、催征是一类意思,岂不是让人可叹而又可笑的事吗?

十四 《儒林外史》:一部杰出的现实主义讽刺小说

吴敬梓和《儒林外史》的创作基础

吴敬梓字敏轩，号粒民，安徽全椒人。因家中有文木山房，故晚年自称"文木老人"，又由于他三十二岁时由家乡移居江苏南京的秦淮河畔，并定居在那里，因此他又自称"秦淮寓客"。

康熙四十年（1701），吴敬梓出生在一个"家声科第从来美"的大家庭里。他的远祖因跟从明永乐帝"创业"有功，封邑江苏六合；后来又从六合迁居全椒，先业农，后行医。到了清初，吴家又有五十年光景的"家门鼎盛"时期。他的曾祖辈"兄弟五人，四成进士"。祖父吴旦，是个监生，做过州同知，但死得很早。伯叔祖吴晟、吴昺一个进士、一个榜眼，当时都很有文名。但到吴敬梓父亲这里，家道开始衰落了。他父亲吴霖起是康熙二十五年（1686）的拔贡，仅做过赣榆县县学教谕这样几乎不入流的小学官，无论是收入还是地位，都无法与上辈人相比。然而，吴敬梓毕竟生在"辛苦青箱业，传家只赐书"的环境里，祖辈留下的读书应科举的传统深刻影响着他，使他从小就养成了爱读书的习惯。小时候的吴敬梓饱览了"四书""五经"，涉猎诸子百家，他还特别喜欢读各种野史笔记。吴敬梓的好友程晋芳写的《文木先生传》中说他从小聪明过人，"读书才过目，辄能背诵"。这未免有夸大之词，但吴敬梓学习刻苦，在诗、词、文方面都下过一番功夫，则是时人公认的。

吴敬梓十三岁时，他的母亲去世了。第二年，他跟着父亲来到江苏东北海边的赣榆，在这里吴敬梓投入了大自然的怀抱，开阔了眼界。然而，不幸的是，在他二十三岁时，父亲吴霖起也去世了。父亲的离世，对吴敬梓无疑是一个巨大的打击，然而，与此相伴的更大打击就是吴氏家族内部为了争夺财产打得不可开交。吴敬梓亲眼见到了平时道貌岸然、满口"孝悌慈爱"的长辈们为了利益撕破脸，露出种种丑态，这在一定程度上加深了他对社会现实的认识。

另外，还有一件事也让吴敬梓心怀愤懑，那就是他二十岁考取了秀才，应该说这是吴敬梓科举之路的开始，然而随后的乡试他却屡试不第。吴家祖祖辈辈都凭借科举出人头地，吴敬梓却连遭失败，他失落的心情是可想而知的。加之，吴敬梓博览群书，他自认为是个有才之士，然而看着那些"不学无术"或不如自己的人乡试及第，平步青云，自己却名落孙山，胸怀大志的吴敬梓内心充满了愤懑。他开始反思科举考试的公平性，开始对社会风气发出愤愤不平之声。

科举失利的吴敬梓，开始"挥霍"从父、祖那里继承下来的祖业，有两万余金，并最终将家产败光。于是，那些富贵的族人开始责骂他，势利的乡邻开始鄙视他，轻薄的少年开始取笑他，"乡里传为子弟戒"。

在这种情况下，三十三岁的吴敬梓离开了全椒，移居南京。这时，他的生活已经相当困难了。即便是这样，吴敬梓也没有巴结当地的官吏，没有投靠有势力的亲戚，而是对那些唯利是图的官员、士绅、商人投以白眼。另外，他与那些有真才实学又不奔竞于功名的贤达之士交朋友，这些朋友的身份有经学家、考古学家、画家和思想家。通过和这些朋友的交往，吴敬梓产生了反礼教、反八股、重经学、尚实学的现实主义精神，这正是《儒林外史》中渗透着的精神。此外，这些学有专长又淡泊名利的士人也成为《儒林外史》中那些正直的知识分子和倪老爹、鲍文卿一类纯朴可亲形象的原型。

应该说，生活的经历让吴敬梓饱尝了世态炎凉的滋味，他体察到士大夫阶层的种种堕落，看到了"康乾盛世"下的种种社会弊病和人情冷暖。他不愿趋炎附势，不愿同流合污，他开始反思科举制度和八股取士，反思当时社会中不同人的生活态度。其结果就促成了《儒林外史》的诞生。

一般认为，《儒林外史》大约写于吴敬梓三十六岁以后，最晚在他四十九岁时完成，是他寄居南京时所作。此书是一部杰出的现实主义讽刺小说，作者以深邃的眼光洞察着世俗生活，并针砭时弊，他在为众多士子醉心于功名富贵而痛心疾首的同时，积极探索着士子乃至世人新的生活道路，勾画了他们应具有的理想人格。

反映的社会问题

《儒林外史》虽特意说明故事的写作背景为明代，但一般人都可以看出书中所描写的内容实际上都是清代的事情。可以说作者是用犀利的笔锋，揭开了当时"承平时代"表面繁荣背后掩盖的社会问题。

首先，揭露了科举制度和八股取士的弊病，这也是《儒林外史》一书的中心思想。科举制度自隋代创立以来，至清代已延续一千余年，其弊端日益显露。清代沿用明代八股取士的方法，应试者必须写得一手好的八股文才有可能被考官选中。而所谓的八股文形式死板，士子只能依照题目的意思，模仿古人的语气，"代圣贤立言"，不许发挥自己的见解，更不能联系当时的现实情况。醉心于作八股文的士子，思想僵化，即使考中得官，从政能力也是令人怀疑的。于是，吴敬梓在说明他著书用意的第一回里，就通过王冕之口说："用'五经'、'四书'、八股文"的取士之法，"定的不好！将来读书人既有此一条荣身之路，把那文行出处都看得轻了"。这是全书的一个总纲。作者在这里明确否定了八股取士，认为这是使读书人头脑僵硬、走向腐化的渊源。接着，此书就通过一系列具体、生动的人物形象，揭露了科举制度的腐朽。

比如我们都熟悉的那个范进，是从二十岁起就参加科举，考了二十几次都没有考取的老童生。他生活非常困窘，全家只住"一间草屋"，饿得"面黄肌瘦"，寒冬腊月也没有一件能够御寒的衣服。后来，周进当学道的时候，出于怜悯心，赏了他一个秀才。范进回到家里，"母亲、妻子俱各欢喜"，连平日最轻视他的老丈人胡屠户也"拿着一副大肠和一瓶酒"来贺喜。但是，秀才的名声和地位依然不高，所以势利的胡屠户仍没有把他放在眼里。当范进向他借盘缠要进城参加乡试的时候，马上被老丈人啐了一脸，将他骂了个狗血喷头。到了乡试放榜的那一天，一个邻居告诉范进中举的消息，起初他还不相信，直到确认这是真实的情况后，范进顿时就发了疯："自己把两手拍了一下，笑了一声道：'噫！好了！我中了！'说着，往后一跤跌倒，牙关咬紧，不省人事。"在用水将其灌醒之后，范进往外跑，披头散发，真是丑态百出。而此时的胡屠户马上换了个嘴脸，低眉笑眼，一口一个"贤婿老爷"。一朝中举，岳父大人便对女婿如此谄媚巴结，其他人就更可想而知了，真可谓是"一登龙门，声价十倍"，荣华富贵，立时飞来。应该看到，范进中举以后政治、经济地位的迅速改变，以及人们对他态度的骤然变化，是当时读书人所以沉迷科举功名的社会根源。也就是说，当时士子读书，为的不是培养自己的能力，提高自身的素质，而是将读书应科举与升官发财直接联系起来，将其视为猎取功名富贵的敲门砖。为了这块敲门砖，许多读书人不惜赔上身家性命。与此同时，为了获得这块敲门砖，读书人埋头于

"四书""五经",其他书籍和学问一概不管,有的甚至请别人写好文章,事先背熟,然后去考。更甚者,就带来了科场的腐败,私托人情、贿赂疏通关节之事,层出不穷,简直就是作弊取士。科举制度的弊端,于此暴露无遗。

其次,《儒林外史》从批判科举制度出发,对封建社会中上自各级官吏,下至乡绅地主,旁及名士山人、盐商富贾,乃至和尚道士、媒人牙婆、骗子赌徒、势利小人等,无不进行了"烛幽索引,物无遁形"的揭露和批判。比如,当时从科场出来的官僚,毫无实际经验,文不能安邦定国,武不能临阵杀敌,他们疯狂地追求科举功名,为的只是自身的荣华富贵,一旦做了官,不是为民做主,而是放肆地剥削百姓,成为贪赃枉法、草菅人命的贪官酷吏。像王惠当了南昌太守,到任后问的第一件事就是:"地方人情,可还有甚么出产?词讼里可也略有些甚么通融?"做的第一件事是:钉了一把头号的库戥,把六房书办都传了进来,问明了各项内的余利,不许欺隐,都派"入官"。从此,衙门里一片"戥子声、算盘声、板子声"。凡是余利,都进了王惠的腰包。像王惠这种人,出仕则为贪官污吏,居乡则为土豪劣绅,所读圣贤之书只为应付考试,是伪善的假儒生。又如书中批判那些土豪劣绅,开当铺重利"剥削小民",下乡"要庄户备香案迎接",欠了租"要打板子",又同府县官相勾结,"无所不为,百姓敢怒而不敢言"。

最后,描绘了百姓生活的艰辛和困苦。《儒林外史》中描绘的一些官员,从来都是为自己的"腰包"着想,而不顾百姓的生活。以治理黄河为例,这项工程无疑是那些负责河工的大小官吏贪污舞弊、大发横财的好机会。每当黄河泛滥,沿岸百姓死伤无数;房屋被冲毁的,便成了无家可归的流浪者,在死亡线上挣扎。书中有这样一段描述:"只见许多男女,啼啼哭哭,在街上过。也有挑着锅的,也有箩担内挑着孩子的,一个个面黄饥瘦,衣裳褴褛。过去一阵,又是一阵,把街上都塞满了。也有坐在地上求化钱的。问其所以,都是黄河沿上的州县,被河水淹了。田庐房舍,尽行漂没。这是些逃荒的百姓,官府又不管,只得四散觅食。"百姓生活贫困而得不到救助,府县等地方官却过着骄奢淫逸的生活,这就是当时"太平盛世"下的社会。有学者提出清朝自乾隆中后期便开始走向下坡路,是有一定道理的。

吴敬梓的理想人格

《儒林外史》在揭露当时醉心于功名富贵的士人、官员的丑恶嘴脸和社会政治腐败的同时，也刻画了一批正面人物，作者吴敬梓在他们身上寄托了自己的理想人格。

首先，吴敬梓从各种不同的角度剖析了形形色色读书人的灵魂后，得出的结论是：八股取士制度和与之并生的功名富贵观念，是使儒士麻木、僵化、堕落的毒剂。因此，他刻画出的正面人物多有经世致用的学问，而不是只会做死板的八股文章。这源于他受了颜元、李塨学说的影响，像李塨就指出八股举业对士人所造成的恶果是"所学非所用，所用非所学，且学正坏其所用，用正背其所学，以致天下无办事之官，庙堂少经济之臣"。

其次，《儒林外史》中的正面人物都淡泊名利，不巴结达官显贵，不贪图钱财，乐善好施。王冕听说时知县酷虐小民、无所不为，就躲避不见，"帖子请着倒不去"。虞育德虽做了南京的国子监博士，每年却只积几两俸金，"养着我夫妻两个不得饿死就罢了"。杜少卿不喜欢别人在他跟前说谁做了什么官、谁多有钱,他听见人向他说些苦,就拿出银子来给人用。正如闲斋老人《〈儒林外史〉序》中揭示出的:"其书以功名富贵为一篇之骨","终乃以辞却功名富贵,品地最上一层,为中流砥柱。"

最后,儒家政治思想的核心是仁义,而要实行仁义,就要遵从礼的规定和制约。礼作为一种社会规范,可以维持社会秩序和协调社会各阶层之间的行为和关系。《左传·隐公十一年》说:"礼,经国家,定社稷,序民人,利后嗣者也。"吴敬梓认为当时社会的混乱,是因为人们对礼法的忽视,丧失了仁义之心。于是,他在小说中写道:迟衡山极力建议盖一所泰伯祠,用古礼古乐致祭,"借此大家习学礼乐,成就出些人才,也可以助一助政教"。杜少卿大喜,并捐银三百两。由此可见,小说中的正面人物有着一副救世的热心肠,他们淡泊的是功名富贵,却不忘安天下的心志。虞育德是"以仁义服人"的实践者,他是祭泰伯祠这一重大活动中被众人推举出来的主祭者,是作者心目中的"真儒"。余二先生评价他说:"看虞博士那般举动,他也不要禁止人怎样,只是被了他的德化,那非礼之事,人自然不能行出来。"以德服人，以德化俗，是吴敬梓心中真儒的本质特征。

讽刺艺术和影响

我国的讽刺文学产生很早，先秦诸子散文中已经有许多讽喻的寓言。此后，在魏晋南北朝小说、唐代传奇、元明戏曲中，也有讽刺的作品或带有讽刺意味的描写。像《西游记》中就有不少幽默、诙谐的讽刺。清初《聊斋志异》中，则出现了直接讽刺科举的短篇。吴敬梓继承了我国文学史上讽刺艺术的优秀传统，吸收了前代讽刺小说创作的成功经验，根据自己对于生活、社会的观察和体验，将讽刺艺术巧妙地运用到《儒林外史》这部小说中。

鲁迅先生在其《中国小说史略·清之讽刺小说》中说："迨吴敬梓《儒林外史》出，乃秉持公心，指摘时弊，机锋所向，尤在士林；其文又戚而能谐，婉而多讽：于是说部中乃始有足称讽刺之书。……是后亦鲜有以公心讽世之书如《儒林外史》者。"可见此书讽刺艺术之高。

鲁迅先生又说："讽刺"的生命是真实，非写实绝不能成为所谓"讽刺"。《儒林外史》正是这样一部作品。它所讽刺的人物和事情，都是当时封建社会中实际存在着或者曾经出现过的事实。像王惠、汤奉那样的贪官污吏，严致中、张静斋那样的土豪劣绅，周进、范进那样的热衷名利之人，在当时社会中都可以找到原型。吴敬梓用巧妙的讽刺手法，将这些人的性格特点展现在读者面前，引发读者的深思。

这样一部杰出的讽刺作品在成书后，就有抄本流传，引起人们的广泛注意和好评。当时人程晋芳就说："《儒林外史》五十卷，穷极文士情态，人争传写之。"此后，各种版本不断出现，流传很广。后世的文学作品，受《儒林外史》的影响也是很大的，像李宝嘉的《官场现形记》、吴趼人的《二十年目睹之怪现状》等晚清"谴责小说"，不论是它们的批判现实精神、艺术表现的讽刺手法，还是由许多相对独立的短篇连缀而成的结构，都明显地受了《儒林外史》的影响。鲁迅先生评论《官场现形记》时就说它"头绪既繁，脚色复夥，其记事遂率与一人俱起，亦即与其人俱讫，若断若续，与《儒林外史》略同"。

还需指出的是，不仅在中国文学史上，就是在世界文学史上，《儒林外史》也有着很高的地位。英国大百科全书称它是"一部杰出的讽刺文学作品"。美国大百科全书称它"由一个个精彩的讽刺故事组成，对后来的中国讽刺文学产生了极大影响"。有英国学者评论此书是一部极为出色的著作，足堪跻身世界文学杰作之林，可与意大利薄伽丘、西班牙塞万提斯、法国巴尔扎克或英国狄更斯等人的作品相抗衡。《儒林外史》可称为世界上一部最不引经据典、最富有诗意的散文叙述之规范。

经典诵读：《儒林外史》选读

说楔子敷陈大义　借名流隐括全文（节选）

一日，正和秦老坐着，只见外边走进一个人来，头戴瓦楞帽，身穿青布衣服。秦老迎接，叙礼坐下。这人姓翟，是诸暨县一个头役，又是买办。因秦老的儿子秦大汉拜在他名下，叫他干爷，所以时常下乡来看亲家。秦老慌忙叫儿子烹茶、杀鸡、煮肉款留他，就要王冕相陪。彼此道过姓名，那翟买办道："这位王相公，可就是会画没骨花的么?"秦老道:"便是了。亲家,你怎得知道?"翟买办道:"县里人那个不晓得!因前日本县老爷吩咐,要画二十四幅花卉册页送上司,此事交在我身上。我闻有王相公的大名,故此一径来寻亲家。今日有缘,遇着王相公,是必费心大笔画一画。在下半个月后下乡来取,老爷少不得还有几两润笔的银子,一并送来。"秦老在旁,着实撺掇。王冕屈不过秦老的情,只得应诺了。回家用心用意画了二十四幅花卉,都题了诗在上面。翟头役禀过了本官,那知县时仁发出二十四两银子来。翟买办扣克了十二两,只拿十二两银子送与王冕,将册页取去。

　　时知县又办了几样礼物,送与危素,作候问之礼。危素受了礼物,只把这本册页看了又看,爱玩不忍释手。次日备了一席酒,请时知县来家致谢。当下寒暄已毕,酒过数巡,危素道:"前日承老父台所惠册页花卉,还是古人的呢,还是现在人画的?"时知县不敢隐瞒,便道:"这就是门生治下一个乡下农民,叫做王冕,年纪也不甚大。想是才学画几笔,难入老师的法眼。"危素叹道:"我学生出门久了,故乡有如此贤士,竟坐不知,可为惭愧。此兄不但才高,胸中见识,大是不同，将来名位不在你我之下。不知老父台可以约他来此相会一会么？"时知县道："这个何难？门生出去即遣人相约。他听见老师相爱，自然喜出望外了。"说罢，辞了危素，回到衙门，差翟买办持个侍生帖子去约王冕。

翟买办飞奔下乡到秦老家，邀王冕过来，一五一十向他说了。王冕笑道："却是起动头翁，上复县主老爷，说王冕乃一介农夫，不敢求见，这尊帖也不敢领。"翟买办变了脸道："老爷将帖请人，谁敢不去！况这件事原是我照顾你的；不然，老爷如何得知你会画花？论理，见过老爷，还该重重的谢我一谢才是。如何走到这里，茶也不见你一杯，却是推三阻四不肯去见，是何道理？叫我如何去回复得老爷！难道老爷一县之主，叫不动一个百姓么？"王冕道："头翁，你有所不知。假如我为了事，老爷拿票子传我，我怎敢不去！如今将帖来请，原是不逼迫我的意思了。我不愿去，老爷也可以相谅。"翟买办道："你这都说的是甚么话？票子传着倒要去，帖子请着倒不去，这不是不识抬举了！"秦老劝道："王相公，也罢，老爷拿帖子请你，自然是好意。你同亲家去走一回罢！自古道：'灭门的知县'，你和他拗些甚么?"王冕道:"秦老爹,头翁不知,你是听见我说过的。不见那段干木、泄柳的故事么?我是不愿去的。"翟买办道:"你这是难题目与我做!叫拿甚么话去回老爷?"秦老道:"这个果然也是两难。若要去时,王相公又不肯;若要不去,亲家又难回话。我如今倒有一法:亲家回县里,不要说王相公不肯;只说他抱病在家,不能就来,一两日间好了就到。"翟买办道:"害病,就要取四邻的甘结!"彼此争论了一番。秦老整治晚饭与他吃了,又暗叫了王冕出去问母亲称了三钱二分银子,送与翟买办做差钱。方才应诺去了,回复知县。

知县心里想道:"这小厮那里害甚么病!想是翟家这奴才走下乡,狐假虎威,着实恐吓了他一场。他从来不曾见过官府的人,害怕不敢来了。老师既把这个人托我,我若不把他就叫了来见老师,也惹得老师笑我做事疲软,我不如竟自己下乡去拜他。他看见赏他脸面,断不是难为他的意思,自然大着胆见我。我就便带了他来见老师,却不是办事勤敏?"又想道:"一个堂堂县令,屈尊去拜一个乡民,惹得衙役们笑话。"又想道:"老师前日口气,甚是敬他;老师敬他十分,我就该敬他一百分。况且屈尊敬贤,将来志书上,少不得称赞一篇,这是万古千年不朽的勾当,有甚么做不得?"当下定了主意。

十五　《阅微草堂笔记》：
　　　纪晓岚笔下的狐鬼神怪

纪晓岚与《阅微草堂笔记》

在今天的北京市珠市口西大街241号（虎坊桥路口以东），保留着一座名人故居，它的主人是家喻户晓的清代名臣纪晓岚。

纪晓岚，名昀，字晓岚，直隶河间府献县（今河北沧州）人，清雍正二年（1724）生于一个官僚家庭。其父纪容舒通过科举考试，做过户部、吏部的京官，还外放做过云南姚安（今大姚）知府。纪晓岚十一岁时随父入京，二十四岁中举人，三十一岁成进士，进入翰林院。后出任山西乡试正考官、庚辰会试同考官。四十五岁时，纪晓岚升任翰林院侍读学士，后因泄露盐务机密，被贬到新疆乌鲁木齐，在那里待了三年。召还后，四十九岁的纪晓岚以侍读学士身份担任《四库全书》馆总纂官，这一做就是十三年。《四库全书》完成后，他又相继担任都察院左都御史、礼部尚书、兵部尚书等职，并充任经筵讲官，多次主持会试。嘉庆十年（1805），晋升协办大学士，加太子少保衔，同年病故，享年八十二岁。纪晓岚历经雍正、乾隆、嘉庆三朝，以诙谐和博学多智著称，乾隆皇帝曾称他为"活着的东方朔""朕的司马光";嘉庆皇帝更是在御赐碑文中赞誉说"敏而好学可为文,授之以政无不达",故谥号"文达"。

然而,拥有官员和文人双重身份的纪晓岚,留给后世的著作却不多。除了参与政府修书而完成的《四库全书总目提要》外,最为著名的一部就是《阅微草堂笔记》了。

《阅微草堂笔记》名曰"笔记",却不是学术著作,而是一部文言短篇志怪小说,是纪晓岚晚年的作品。

乾隆五十四年(1788),六十四岁的纪晓岚到承德去编排皇家藏书。因事务不多,便在公务之暇,追述以往见闻,写成了笔记小说六卷,题名《滦阳消夏录》。以后数年间,他又相继写成《如是我闻》《槐西杂志》《姑妄听之》各四卷和《滦阳续录》六卷。以上五种笔记,共二十四卷,总计一千二百多则故事。每写成一种,便刊刻流传。后来,纪晓岚的门生盛时彦在征得老师的同意后,将这五种笔记刊印在一起,并以纪晓岚在北京住宅的书斋——阅微草堂命名,称为《阅微草堂笔记》。在合刊时,盛时彦所做的工作主要包括三个方面:一是按照纪晓岚写作的顺序,将五本合为一本;二是仔细校对，将错讹的文字一一订正；三是为全书作了序。可以说，盛时彦所作的工作是相当严谨细致的。在刻板前，纪晓岚本人还对全书作了审读，又在每种笔记之前加了简短的小序。

《阅微草堂笔记》这部笔记小说在内容编次上，可以说是"全无体例"。其写作素材主要来源于三个方面：一是家族、亲友和童年见闻；二是在京师为官接触的学子、文人、官场和世态；三是所到新疆等地的风土人情。其中有真实的社会人物，更多的则是虚构的鬼狐神怪形象；有的是作者亲见亲闻，有的则是转记他人提供的见闻。叙事体裁则有故事、有寓言，还有论说及类似诗话一类的杂记等。

写作动机

从纪晓岚的生平可以看出，他的仕途还是较为得意的，受到了乾隆、嘉庆两位皇帝的赏识。特别是他贯彻儒籍、旁通百家，其学识和文才在当时也是十分出众的。这样一位集官员、学者、文人于一身的人物，本可以像历代先贤那样著书立说，以传后世，而纪晓岚却偏偏选择了在年迈之时潜心写这么一部志怪小说。要知道，小说在中国古代社会是不被重视的。其原因何在呢？

有的学者提出，由于乾隆时期大兴文字狱，文人学者为求保身，往往埋头于故纸堆中，做一些烦琐而无味的考据。而纪晓岚因为参与《四库全书》的编纂工作十几年，对考据已然没有了兴趣，但又不能随意创作，只好写此笔记小说以消磨时间。这种看法虽说有一定道理，但不是纪晓岚写作此书的动机。

通读此书，我们会发现，纪晓岚虽然深得皇帝的赞赏又位高望重，按说不该对社会特别是官场有什么不满。但是，他以一个正直而有远见的官员身份，透过所谓"乾隆太平盛世"的虚华表面，看到了潜在的社会危机。由于不能说得太露骨，他便托狐鬼来揭露社会的腐败，抒发己见，寄托愿望和理想。例如，书中记一县吏"平生所取，可屈指数者，约三四万金"；又记一"萧然寒士，作令不过十年，而宦囊逾数万"，官场贪贿之风盛行，于此可见。又如，书中写一县令遇到杀人的案子，自己没有主见，"乃祈梦城隍祠"，据梦境所示，硬指一姓"祝"者和一名"节"者为凶犯。人命官司，居然问鬼神而不问人，视人命如儿戏，如何配得上父母官的称呼？

纪晓岚写这部书的另一个原因是他对程朱理学的空谈性理和伪道学者的虚妄臆断、违情悖理、门户之争、虚伪营私深恶痛绝。他主张以儒学为本，儒释道三家并存互补，各修其本业，共同有益于世道人心，而反对党同伐异，扬己而抑人。像书中就记载了一位以道学自诩的乡宦，与人谈《西铭》万物一体之理，为狐精所斥责的故事。此外，对于迂阔昏聩、泥古不化的腐儒，书中也多投以鄙视和嘲笑。

纪晓岚写这部书的第三个原因是他看到当时社会伦理纲常大坏、世风日下，于是要"神道设教"，以示劝惩，从而弥补法律行政、思想教化的不足，以使人远恶向善，最终起到维护社会稳定和封建统治正常秩序的作用。为达到这一目的，书中写了种种故事，让人相信"天网恢恢，疏而不漏"；善有善报，恶有恶报。需要指出的是，无论是"神道设教"还是宣扬因果报应，在今天都属于封建迷信的范畴，应该予以否定。但是，我们也不妨站在作者的时代和立场考量，他主张"神道设教"和因果报应，是希望世人都以儒家的道德约束自己，多为善，不为恶，从而改变世风、改善吏治，使社会走向安定，而百姓只有在社会安定的情况下，才能够正常地生活和生产。这样看来，身为官员的纪晓岚是怀有一颗爱民之心的。

纪晓岚为何要批评《聊斋志异》

在《阅微草堂笔记》成书之前，社会上已流行着一部文言短篇小说集，那就是蒲松龄的《聊斋志异》。对于这部书，纪晓岚读过，也提及过，但多为批评之词。他的学生盛时彦在《姑妄听之》跋中引纪晓岚的话说："《聊斋志异》盛行一时，然才子之笔，非著书者之笔也。……今一书而兼二体，所未解也。小说既述见闻，即属叙事，不比戏场关目，随意装点……今燕昵之词，蝶狎之态，细微曲折，摹绘如生。使出自言，似无此理；使出作者代言，则何从而闻见之？"这段话说得颇为委婉，但字里行间无不浸透着对蒲松龄《聊斋志异》的轻视，无论从体例还是到内容都予以否定。纪晓岚的儿子纪汝佶生前，创作了几则模仿《聊斋志异》的作品，纪晓岚写道："亡儿汝佶……见《聊斋志异》抄本，又误堕其窠臼。竟沉沦不返，以讫于亡。"短短数语，透露出他的伤痛以及对儿子效仿《聊斋志异》写作风格的不满。

学术界曾有一种说法，认为《阅微草堂笔记》是专门为"反聊斋"而写的。这从《阅微草堂笔记》的写作风格上可见一斑。《聊斋志异》多取法唐传奇，描写委婉曲折，人物形象生动鲜明，故事情节跌宕起伏；而纪晓岚则从"著书者之笔"出发，模仿晋宋六朝笔记小说质朴简淡的文风，不尚铺陈，叙事简单而明了。后世学者也因此评价《阅微草堂笔记》议论说教过多、结构松散粗糙、人物形象苍白呆滞，艺术成就远不能望《聊斋志异》之项背。

其实，纪晓岚无论是从体例不一还是从摹绘如生角度来批评《聊斋志异》都只是一个托词，他批评《聊斋志异》的根本原因在于：《聊斋志异》的写作意图是揭露和批判封建社会的腐朽黑暗，表达了作者蒲松龄对社会现实的不满与孤愤，这很可能造成不良的社会影响。而《阅微草堂笔记》的主旨则是"寓劝戒，广见闻，资考证"，强调的是一种道德教化，书中虽用狐鬼等故事揭露了社会的腐败和阴暗面，但其目的是为引起为官者的重视,尽早采取补救措施,以维护清朝的统治。也就是说,纪晓岚批评《聊斋志异》是由其身份和地位决定的。前面已经介绍过,纪晓岚是一位科第顺畅、高居庙堂的达官显宦兼学界巨匠;而蒲松龄则是科场铩羽、蛰居乡野的落魄书生兼穷"馆师",这就注定了他们在思想观念和价值取向上的不同。纪晓岚无疑是以清朝维护者的身份出现的,而蒲松龄虽不是要推翻清朝统治,但他的所作所为处处流露出对社会现实的不满,这是纪晓岚所不能容忍的,批评《聊斋志异》则是一个具体表现而已。

现代价值

《阅微草堂笔记》虽为一部笔记小说,但它集中反映了纪晓岚的为官处事思想,其中一些仍值得借鉴。

首先,纪晓岚作为一位尊奉儒家思想而又较有识见的官员,对百姓生活是极为关注的,其注重民生的思想在书中有所体现。像书中记载:"明崇祯末,河南、山东大旱蝗,草根木皮皆尽,乃以人为粮,官吏弗能禁。""明季,河北五省皆大饥,至屠人鬻肉。"写荒年百姓生活困苦的情形,这已是我们在其他小说中绝少能看到的。而对于社会上无视于此的人,纪晓岚更是借狐鬼之口进行了批判。他对民生疾苦的关注,还突出表现在对虐待奴婢的揭露和抨击上。《阅微草堂笔记》中揭示的奴婢受酷虐的种种惨苦之状,也是同类书中极少能见到的。如它记载了一位小奴婢被主人逼迫而死的情形,还记录一龙钟老叟被强者欺负之事。对此,纪晓岚说道:"衔冤茹痛,郁结莫申……横遭荼毒,赍恨黄泉,哀感三灵,岂无神理!不有人祸,必有天刑……"同情与愤慨之心,由此可见。

其次,书中对百姓的勤劳善良、尊老爱幼、重义轻利、急难相助、不畏艰险、舍己为人等优秀品质及在生产、生活中表现出的聪明才智,也多有描述,并进行了褒扬。如书中写众盗劫一富室,富室全家都不敢出声。一个十五六岁的灶婢,伏地蛇行潜至后院,点燃积柴,惊起村人,最终靠集体的力量将群盗擒拿。此故事凸显了少女的机智与胆识。又如仆人王发驱逐了两个找替身的鬼,使一为鬼所诱而自缢的新妇得救。二鬼夜间来报复,王发斥责说:"尔杀人,我救人,即告于神,我亦理直。敢杀即杀,何必虚相恐怖!"鬼神之事,其实纪晓岚也是不相信的，他写这个故事，意在褒扬百姓的勇敢无畏、正直无私的品性。

应该指出，纪晓岚关心民间疾苦，褒扬平民百姓的优良品质和聪明才智，多来自他对儒家传统思想的汲取。孔子讲"仁"，"仁者爱人"；孟子讲"仁政"，倡导"民为贵，社稷次之，君为轻"，其中都包含着亲民思想。另外，纪晓岚关注民生，也是为统治者敲警钟，若不关心民瘼，使他们不能安居乐业，那么"太平盛世"就可能走向不太平。

最后，书中除了狐鬼故事之外，还有大量的史实考证和实际见闻。比如，纪晓岚考察了《西游记》中涉及的官制，论定其作者应为明代人，而不是元代道士丘处机。他还考证昌吉筑城出土的一只绣花弓鞋，当为汉族妇女之物。这说明新疆地区早就有汉族人居住，各族人民早就睦居共处。又如纪晓岚曾被贬到乌鲁木齐，他写土鲁番（今新疆吐鲁番一带）刮大风，掀天揭地，"人马辎重皆轻若片叶"；又写乌鲁木齐驰突奋触、悍暴无敌的野牛群，凶猛为害的野猪，肉极肥美的独峰野驼；还写哈密瓜的种植、储运之法；等等。这些记载，为今人研究历史和风物民俗提供了宝贵资料。

经典诵读：《阅微草堂笔记》选读

智　狐

沧州刘士玉孝廉，有书室为狐所据，白昼与人对语，掷瓦石击人，但不睹其形耳。知州平原董思任，良吏也，闻其事，自往驱之。方盛陈人妖异路之理，忽檐际朗言曰："公为官颇爱民，亦不取钱，故我不敢击公。然公爱民乃好名，不取钱乃畏后患耳，故我亦不避公。公休矣，毋多言取困。"董狼狈而归，咄咄不怡者数日。刘一仆妇甚粗蠢，独不畏狐，狐亦不击之。或于对语时，举以问狐。狐曰："彼虽下役，乃真孝妇也。鬼神见之犹敛避，况我曹乎！"刘乃令仆妇居此室，狐是日即去。

沧州举人刘士玉家，有间书房被狐精占据。这个狐精白天和人对话，还向人投掷瓦石，但人却看不到它的形貌。时任沧州知州的平原人董思任，是个优秀的官吏，他听说这件事之后，亲自前往驱赶狐精。正当他大谈人与妖不属同类，应该互相回避的道理时，就听见房檐那里传来响亮的声音说："你为官很爱护百姓，也不贪取钱财,所以我不敢用瓦石打你。但你爱民是为了图一个好名声,不贪图钱财是怕以后被追究罪责,所以我也不回避你。董大人你还是算了吧,不要说多了自找麻烦。"董思任听后狼狈地回去了,好几天都闷闷不乐。刘士玉家中有一个女仆人很是粗拙愚笨,但偏偏她不怕狐狸,狐狸也不用瓦石打她。有人因为这事向狐精询问其中的缘由。狐精说:"她虽然是个卑下的用人,却是个真正的孝顺的女人啊!鬼神见了她都要回避,何况我这样的狐怪呢?"于是刘士玉就让这个女仆住在这间屋子里,狐精当天就离开了。

十六 《古文辞类纂》："二千年高文略具于此"

中国古代的文章选本很多，我们较为熟知的有《文选》《唐宋八大家文钞》《古文辞类纂》《古文观止》《经史百家杂钞》等。其中清乾隆时期姚鼐编纂的《古文辞类纂》是一部体现桐城派文学主张的古文选本，具有承上启下的作用，在当时及后世文学特别是古文领域产生了重要影响，具有非常实际的指导作用。

桐城派古文家姚鼐

在中国文学史上，姚鼐（1732—1815）是一位少有的"全才"，既有理论，又有创作，还有自己选编的文章选本。这几者相互参证，构建了他的文学思想体系。

姚鼐字姬传，一字梦谷，室名惜抱轩，世称惜抱先生，安庆府桐城（今安徽桐城）人。清代著名散文家，与方苞、刘大櫆并称为"桐城派三祖"。

姚氏是桐城的世家大族，人丁一直很兴旺。姚鼐出生时，其家族在桐城已居住了三百余年。姚鼐出生于一个官宦书香人家，其先祖姚旭为明云南布政使司右参政，入《明史·循吏传》。高祖姚文然，康熙时任刑部尚书；曾祖姚士基，曾任湖北罗田知县。二人均贤良清廉，辞世后皆入祀名宦祠。伯父姚范，进士及第后为翰林院编修，他读书刻苦，学贯经史，常书见解于卷端，与桐城派祖师之一的刘大櫆情深意笃，这就使姚鼐可以跟他学习经史，并有机会和刘大櫆学文。

姚鼐自幼嗜学，在跟从刘大櫆学习古文时，时常显露出过人的才华，深得刘大櫆的器重，称其"时甫冠带，已具垂天翼"，又说"后来居上待子耳"。

乾隆十五年（1750），姚鼐考中举人，本以为从此可以平步青云，不料连续五次会试均名落孙山，直到第六次应试才中了进士，授选庶吉士。后来做过礼部仪制司主事，山东、湖南乡试副考官，会试同考官和刑部广东司郎中等职。

乾隆三十八年（1773），清廷开四库全书馆，姚鼐被荐入馆充纂修官。这个职位本应翰林充任，姚鼐能够破格当选，足见其造诣之高。《四库全书》修成后，姚鼐乞养归里，不入仕途。大学士于敏中等以高官厚禄相请，他也没有接受。

此后，姚鼐先后主讲扬州梅花书院、安庆敬敷书院、歙县紫阳书院、南京钟山书院，致力于教育，因而他的弟子遍及南方各省。就在主讲梅花书院时，他开始着手编纂《古文辞类纂》，既可为讲学作指导，又可作为学生学习的参考。有记载说他"无一日不讲此书，无一日不修订此书"。

姚鼐的学生都是笃守师说、遵桐城家法的文人。桐城派古文之传，自方苞以文章称海内，刘大櫆继之益振，传至姚鼐则集大成，有着"桐城家法，至此乃立，流风作韵，南极湘桂，北被燕赵"之说。而姚鼐也被誉为"中国古文第一人""中国古文的高峰"。

应该说，姚鼐是个优秀的教师，四十多年辗转江南，讲学无数，有切实可行的教材——《古文辞类纂》，有自己的文学创作理论，也有逐渐积累下来的讲学实践，而且注重理论与实践相结合。

姚鼐提倡文章要"义理""考据""辞章"三者相互作用。"义理"，是指当时的理学思想，主要来自宋学；"考据"，是指文章要有实据，避免空泛，主要来自汉学；"辞章"，是指文章要有结构、文字、音韵上的文学之美。姚鼐认为这三者的统一才是最高、最美的境界，"苟善用之，则皆足以相济；苟不善用之，则或至于相害"。当然，在姚鼐看来，这三者也是有轻有重的，考据要为义理服务。姚鼐想调和汉宋，融贯三者，认为能兼三者之长的作家才是好作家。这种主张实际上成了桐城派的文学纲领。对于这些理论，姚鼐也身体力行。在朝廷任职时，他曾来到山东，登上了东岳泰山，后来写了著名的《登泰山记》一文。全篇仅数百字，内容十分丰富，是融考据与辞章的典范。

姚鼐提出的关于"义理""考据""辞章"的理论对当时和后世都产生了巨大影响。一方面，他站在维护理学的立场上，调和汉宋二学的矛盾，采用考据的长处，以考据充实理学的空疏，从而提高桐城派古文的价值。另一方面，这一主张也可以看作对人们写文章的基本要求，无论何时都具有指导意义，那就是"义理"要求言之有物，有思想性；"考据"要求立论扎实，有说服力；"辞章"要求字通句顺，有艺术性。

乾隆四十四年（1779），八十二岁的刘大櫆去世，姚鼐顺理成章地成为桐城派的核心人物。也是在这一年，经过不断补充和修订的《古文辞类纂》终于完成。应该说，这部书是反映桐城派文学思想的一部古文选本，体现了姚鼐的文学主张。此书集中了大量的经典作品，问世后影响很大，成为人们学习古文的范本。

分类原则

《古文辞类纂》选录了战国到清初的七百余篇文章，以唐宋八大家为主，于明取归有光，于清取方苞、刘大櫆，以继八大家之续。选入的文章除散体文外，还有辞赋，主要收录屈骚与汉赋，故称"古文辞"，这反映了姚鼐试图兼包众美、扩大古文规模的愿望。全书共七十五卷，由于对文章进行分类编排，故称"类纂"。那么，姚鼐的分类原则是什么呢？

自《文选》以来，许多文章选本在分类方面都有着自己的尝试，它们或看文章的题目标示，或按功能，或按形态，或按性质，对历代文章进行或繁或简、或分或合的各种分类。如《文选》分三十九类，《唐文萃》分二十六类，《宋文鉴》分六十类，《元文类》分四十三类。真德秀《文章正宗》分为"辞命""议论""叙事""诗赋"四大类，而倪澄在编《续文章正宗》时，则只保留了"论理""叙事""论事"三类。应该说，每种分类方式都有各自的长处，也有自己的短处。繁复的分类可能让读者对某种文体有更专门的认识，但似乎削弱了分类的意义；而简略的分类虽然具有高度的概括性，但又不利于人们对更加具体的文体进行了解。

也许有感于前人分类的不足，姚鼐在综合考察文体渊源、形式、内容、使用场合、功能、题目标示的基础上，突破题目中文体信息的局限，而深入文章的内容中，以文章的性质和功能为主要标准，将选文分为论辨、序跋、奏议、书说、赠序、诏令、传状、碑志、杂记、箴铭、颂赞、辞赋、哀祭十三类。每类作品前有小序，介绍该类文章的渊源、发展、文体特点等。

应该说，在对文章进行分类时，姚鼐进行了周密的思考。比如，他将以贾谊《过秦论》、欧阳修《朋党论》为代表的"论"体，以韩愈《原道》、王安石《原过》为代表的"原"体，以韩愈《讳辨》、柳宗元《桐叶封弟辨》为代表的"辨"体，以韩愈《获麟解》、王安石《复仇解》为代表的"解"体，以《师说》《杂说》为代表的"说"体，合并为"论辨"类；将游说辞令、上书、表、奏、疏、议、封事、札子等合为"奏议"类；将诏、策、移、檄（像汉高帝《十一年求贤诏》、司马相如《谕巴蜀檄》、汉文帝《赐南越王赵佗书》、韩愈《祭鳄鱼文》等名目不一的作品）都归为"诏令"类。

在将相近名目的文体合并为更大类别的同时，姚鼐也会将相同名目的作品分成不同类。比如，同是题名为"序"的作品，姚鼐就将其分成"序跋"和"赠序"两类（柳宗元的《序饮》《序棋》等少数作品还归入了"杂记"类）。这是由于他发现"序跋"是和著作相关的，并且都是为正文"推论本原，广大其义"；而"赠序"则与友情相关，为的是"致敬爱，陈忠告之谊"，它们虽然题名中都有"序"字，但语境、功能和性质相差很大。这个分别，无疑是对"序"体认识的一大发展。与此相似的，题目中带有"说"字的作品，也被放到了不同类目中。"战国说士，说其时主，当委质为臣，则入之奏议；其已去国，或说异国之君，则入此编（指'书说'类）。"（苏洵的《名二子说》、归有光的《张雄字说》等则归入"赠序"类）这种分类，最能显出姚鼐的用心。

值得注意的是，姚鼐对自己的十三类分法也有不满意的地方，为此他采取了一些补救措施，就是在相同文类中又进行二次区分，"一类内而为用不同者，别之为上下编云"。当他发现某些篇章的性质与某种类别比较接近，但又有较为明显的不同时，还会以附篇的形式附在该类之后，如将韩愈的《毛颖传》附在"传状"类之后。可见,《古文辞类纂》的分类不仅较为简约,而且富有弹性,这是姚鼐在古文分类上做出的贡献。

选文标准

至于姚鼐的选文标准,《序目》中有这样的文字:"夫文无所谓古今也,惟其当而已。得其当,则六经至于今日,其为道一也。知其所以当,则于古虽远,而于今取法,如衣食不可释;不知其所以当,而敝弃于时,则存一家之言以资来者,容有俟焉。"文中所谓"当",指的是言辞的切当合理。姚鼐曾说:"文者,皆人之言书之纸上者尔!在乎当理切事,而不在乎华辞。"所以"求当""求实"应该是姚鼐选文的总标准。

从其选录的十三类文体来看,皆为当时非常实用的,相当于我们现代的实用文,也称应用文。除总的选录原则外,在《古文辞类纂序目》中还简述了各类文体的起源、特点、流变及编选原则,最终通论为文之总则:"凡文之体类十三,而所以为文者八:曰神、理、气、味、格、律、声、色。神、理、气、味者,文之精也;格、律、声、色者,文之粗也。然苟舍其粗,则精者亦胡以寓焉？学者之于古人，必始而遇其粗，中而遇其精，终则御其精者而遗其粗者。"学者多认为"神、理、气、味、格、律、声、色"这八个字是文学创作的基本要素，通观为文的这八个方面，格、律、声、色是神、理、气、味之外表，必须从格、律、声、色入手，寻迹而遇其神、理、气、味，最终达到"御其精而遗其粗"的境界。

至此，读者不禁要问，为文八字诀的具体内涵是什么呢？

所谓"神"，是指文章的神思神韵，神妙变化。从姚鼐对具体作品的评论中可见"神"的含义，他在肯定归有光的《畏垒亭记》时，言其"不衫不履，神韵绝高"，他还认为欧阳修的《岘山亭记》神韵缥缈，是绝世之文。

所谓"理"，是指文理、脉理，也指义理，是行文的客观真实性和内在逻辑性。他曾说："当乎理，切乎事者，言之美也。"

"气"是指文章的气势，即贯通于文章字里行间的、灵动有生机的文势。他说："文字者，犹人之言语也。有气以充之，则观其文也，虽百世而后，如立其人而与言于此；无气，则积字焉而已。"文章有气势，读之就像作者在面前和你说话一样；没有气势，无非码字而已。他赞扬刘大櫆之文真气淋漓。

"味"是指文章隽永深刻，含蓄而耐人寻味。

"格"指的是格式、体制，不同文体有不同的体裁、格局。他强调所选之文要有"高格"，认为像范仲淹的《岳阳楼记》、欧阳修的《醉翁亭记》这样的著名作品，因语近骈体而未达"高格"的标准，因此未被选入。

"律"指的是规则、法度，即行文的具体规律、法则。

"声"指文章的音调、音节。文章的音调要高低起伏、抑扬顿挫，这是形成语感的前提。只有节奏和谐，音调优美，文章才能动人。

"色"指文章的辞藻、文采。姚鼐所追求的文章要平淡、自然、醇雅。

这八个要素中，后四个为文之粗，即初学者当从此入手，循序渐进，而不能好高骛远。待创作成熟后，再追求更高的境界。

总体来说，在选文上，姚鼐按照实用和求"当"的标准，而在详细挑选时又以"神、理、气、味、格、律、声、色"八字诀为具体审美尺度。这八个字体现了古文创作的客观规律,是姚鼐总结出来的品鉴文章的方法,值得后人借鉴。

姚鼐对《古文辞类纂》的圈点

对于《古文辞类纂》,还有一个问题需要说明,那就是在此书的早期刻本(如道光年间康绍镛刻本、光绪年间李承渊刻本)中,都有着篇目标圈和篇中圈点,它们体现了姚鼐对每篇文章的"等级"划分以及文学评价。可惜的是,如今出版的《古文辞类纂》大多将标圈和圈点去掉了。

在《古文辞类纂》的圈点系统中,篇目标圈是最为重要的部分,分为四个类型,即篇目不标圈、标一圈、标二圈和标三圈。

篇目标圈是诗文篇目圈点的一种。一般认为,圈点诗文始于宋代。不过宋代的圈点多见于文章的内容,很少施之于篇目之上。现存较早篇目圈点的实例见于明代,如天启年间刻本《嘉乐斋选评注三苏文范》就在选录作品的篇目上标识圈点,分别有三圈、二圈、一圈、二点加一圈、三点加一圈、三点等类型。此选本《凡例》曰:"题首三圈者上上选","题首二圈者上选",题首"或一圈或三点者次选"。可见,篇目圈点是对选录文章的艺术定位和层次划分。标三圈者为上上选,也就是最优秀的作品;标二圈者次之;标一圈者又次之。

姚鼐的老师刘大櫆编选的《历朝诗约选》,在选录的一些诗歌篇目下方也标注有一圈、二圈和三圈,不过也有很多不标圈的,有的整卷不见篇目标圈,这说明当时在篇目上标圈还不完善,但只用圈不用点来区分诗篇艺术的高下,是对选文篇目圈点的一种简化。

姚鼐继承了用篇目标圈来衡鉴作品的方法,在表达自己对古文品评观点的同时,也便于后人对选文的定位和学习。

首先,篇目标圈便于学习者在同一作家的同一文体或不同作家的同一文体中进行对比分析,揣摩鉴赏,领悟文章的高下,探索文学艺术的奥秘。

比如辞赋类中同为宋玉的作品,《登徒子好色赋》标为二圈,《对楚王问》则标为三圈。如果单纯从艺术表现上看,前者重于铺陈,寓意深婉,富有情趣,似乎高于后者；但综合考量，前者内容谐俗，后者内容雅洁，因此略高"一圈"。

又如班固的《两都赋》、张衡的《二京赋》，《古文辞类纂》将其放在辞赋类，又属于同一题材。但《两都赋》标二圈，《二京赋》标三圈。姚鼐在《二京赋》后作了评说："《西京》雄丽，欲掩孟坚；《东京》则气不足举，其辞不若《东都》之简当。惟末章讽戒挚切为胜。"也就是说，张衡《西京赋》以其"雄丽"超越了班固的《西都赋》，最能体现大赋的艺术特征；其《东京赋》虽不如《东都赋》简当，但在思想内容上又以"讽戒挚切为胜"，所以《二京赋》要高于《两都赋》。

应该说，篇目标圈以及评点，都是姚鼐文学品鉴思想的体现，深含姚氏评文的心思和标准，当然也能引导读者品评和赏析。

其次，在选录篇目下标注一圈、二圈、三圈和不标圈，无形中将作品分成了四个等级。而四个等级的作品又分别可构成一个中小型的古文选本，将四个等级的作品聚合在一起，就给阅读者指示了一条循序渐进的学习之路。阅读者可以从标有三圈的最好作品入手，掌握古文艺术的精华，然后依次学习标有二圈、一圈和没有标圈的文章，不断拓宽视野，逐渐领会古文的神髓。

1935年，世界书局出版了宋晶如、章荣注释的《广注古文辞类纂》，其《凡例》说："本书目录中，每篇之下加有单圈双圈等以标明内容之优异，读者可先将标有三圈者阅之。"这里说的目录中的单圈、双圈、三圈，即姚鼐在文章篇目下所标注的一圈、二圈和三圈。《凡例》所言虽是指导读者之语，但也道出了姚鼐的心声。

需要指出的是，《古文辞类纂》中没有在篇目下标圈的文章，我们不能简单将其理解为档次最低的作品。比如方苞和刘大櫆的很多作品，就没有标圈，这是为了避嫌，也是为师者讳。因为刘大櫆是姚鼐的老师，又是方苞的门人，对于其师与其师之师的作品，姚鼐自然不好随便评价。

总之，从古代文学选本的发展来看，《古文辞类纂》是一部与《文选》《唐宋八大家文钞》前后呼应的著名选本。如果说《文选》是文笔初分时期的代表性成果，《唐宋八大家文钞》是古文地位确立时的代表性成果，那么，《古文辞类纂》就是古文地位确立后文笔交融时期的代表性成果。学者吴汝伦评价说:"《古文辞类纂》一书,二千年高文略具于此,以为六经后之第一书。"曾国藩则说:"嘉道以来,知言君子群相推服,谓学古文者求诸是而足矣。"(《读书录·古文辞类纂》)后来,王先谦、曾国藩、黎庶昌、蒋瑞藻先后编成《续古文辞类纂》《经史百家杂钞》《续古文辞类纂》《新古文辞类纂》,而为《古文辞类纂》续脉,足见姚鼐《古文辞类纂》的地位和价值之高,以及对后世学者在古文方面的哺育之功。

经典诵读:《古文辞类纂》选读

唐论(节选)

[宋]曾巩

成、康殁,而民生不见先王之治,日入于乱,以至于秦,尽除前圣数千载之法。天下既攻秦而亡之,以归于汉。汉之为汉,更二十四君,东西再有天下,垂四百年。然大抵多用秦法,其改更秦事,亦多附己意,非效先王之法,而有天下之志也。有天下之志者,文帝而已。然而天下之材不足,故仁闻虽美矣,而当世之法度，亦不能放（同"仿"）于三代。汉之亡，而强者遂分天下之地。晋与隋虽能合天下于一，然而合之未久而已亡，其为不足议也。

代隋者唐，更十八君，垂三百年，而其治莫盛于太宗之为君也。诎己从谏，仁心爱人，可谓有天下之志。以租庸任民，以府卫任兵，以职事任官，以材能任职，以兴义任俗，以尊本任众。赋役有定制，兵农有定业，官无虚名，职无废事、人习于善行，离于末作。使之操于上者，要而不烦；取于下者，寡而易供。民有农之实，而兵之备存；有兵之名，而农之利在。事之分有归，而禄之出不浮；材之品不遗，而治之体相承。其廉耻日以笃，其田野日以辟。以其法修则安且治，废则危且乱，可谓有天下之材。行之数岁，粟米之贱，斗至数钱，居者有余蓄，行者有余资，人人自厚，几致刑措，可谓有治天下之效。夫有天下之志，有天下之材，又有治天下之效，然而不得与先王并者，法度之行，拟之先王未备也；礼乐之具，田畴之制，庠序之教，拟之先王未备也。躬亲行阵之间，战必胜，攻必克，天下莫不以为武，而非先王之所尚也；四夷万里，古所未及以政者，莫不服从，天下莫不以为盛，而非先王之所务也。

太宗之为政于天下者，得失如此。(《古文辞类纂·论辨类》)

周成王、周康王死后，百姓见不到上古圣王那样的太平盛世了，天下一天天地陷入混乱，一直到秦代，完全废除了前代圣王沿用了数千年的法度。天下群起攻秦，使它灭亡了，政权归于汉室。汉朝建立以来，更换了二十四位君主，西汉、东汉两度拥有天下，延续了四百年。但汉代大都沿用秦法，即使改变一些秦的成例，也多数是根据自己的意图，而不是仿效上古圣王的法度，有治理天下的志向。有治理天下志向的君主，只有文帝一人而已。但文帝治理天下的才能不足，所以，尽管他有仁爱的美名，其在位时的法度也不能与夏、商、周三代相仿。东汉亡后，几个强大的势力集团就把天下瓜分了。晋朝与隋朝虽然统一了天下，但是统一不久就灭亡了，它们的政治措施也就不值得评价了。

取代隋朝的是唐朝，前后更换了十八位君主，延续了三百年，它的国势没有比太宗时代更兴盛的了。太宗能够屈己意倾听劝谏，用仁心爱护百姓，可以说是有治理天下的志向。他定租庸征民赋役，置府兵保养军队，因政务设立官职，视才能委任官吏，用礼仪改良风俗，重农业劝导百姓。赋役有规定的制度，兵农有安定的职业，官吏不挂空名，职事不会废弛，百姓习惯于行善，离弃了末作贱业。使在上掌权的，政务切要而不繁难；向百姓征取的，数量不多而易供应。百姓能切实务农，国家也不废军备；既保持了军队编制，又得到了农田利益。大小政务都有专人负责，俸禄支出都实而不虚；人才都能得到录用，治国的体制可以一脉相承。人们的廉耻观念一天比一天加深，国家的耕地面积一天比一天扩大。用他的这套法令制度治理天下，天下就安宁太平，废弛这套法令制度，天下就危险混乱，可以说他有治理天下的才能。实行这套法令制度几年以后，粮食的价格低到一斗米只要几个钱，居家的人都有积蓄，出门的人也有余财，人人都懂得自尊自爱，刑法几乎被废置不用，可以说他治理天下很有成效。太宗虽然有治理天下的志向，有治理天下的才能，又有治理天下的成效，却还不能与上古圣王相提并论，这是因为他在法度的施行上，与那些圣王相比还有不完备的地方；礼乐的设施，田亩的制度，学校的教育，与圣王相比还有不完备的地方。他亲临军队和阵地，战必胜，攻必克，天下没有人不认为他是勇武的，但这并不是圣王所崇尚的行为；四方万里之外的异族，古代未及推行政教的地方，没有不顺服的，天下没有人不认为他是强盛的，但这并不是圣王所追求的。太宗治理天下，其得失就是这样。

十七　《唐诗三百首》：一部"风行海内"的唐诗选

在几千年的历史长河中，古典诗歌犹如灿烂群星，以其独特的魅力辉耀时空，久传不衰；而唐诗无疑是这浩瀚星空中一颗璀璨的明星。仅按清代所编《全唐诗》统计，就有作者约三千人，诗篇约五万首。面对如此多的唐诗，若想全读，恐不是件容易的事，因此，在普及和流传过程中，就出现了许多唐诗选本，其中流传最广、影响最大的当属《唐诗三百首》。作家王蒙在《非常中国》中赞道："最能表达汉语汉字特色的，我认为是中国的旧诗。一个懂中文的华人，只要认真读一下《唐诗三百首》，他或她的心态就不可能不中国化了。"

蘅塘退士和《唐诗三百首》

《唐诗三百首》成书于乾隆二十八年（1763），仅署名蘅塘退士。因此，在《唐诗三百首》成书以后相当长的时间里，人们只知道它的编者是蘅塘退士，却不知蘅塘退士姓甚名谁。

后来，朱自清在《〈唐诗三百首〉指导大概》中说这本书"卷头有《题辞》，末尾记着'时乾隆癸未年春日，蘅塘退士题'。……有一种刻本'题'字下押了一方印章，是'孙洙'两字，也许是选者的姓名。孙洙的事迹，因为眼前书少，还不能考出、印证。这件事只好暂时存疑"。由此开始，《唐诗三百首》编者的姓名引起了人们的广泛关注。经过多方考证，最后基本确定"蘅塘退士"的真实姓名就是孙洙。这本书实际上是孙洙和他的继室夫人徐兰英共同编成的。

人们对孙洙的了解，最早来自金性尧的《唐诗三百首新注》。作者在《前言》中提到孙洙的两段生平，分别来自顾光旭的《梁溪诗钞》和窦镇的《名儒言行录》。在此基础上，学者又通过其他史料，终于对孙洙有了较为清楚的了解。

孙洙（1711—1778），字临西，或作苓西，别号蘅塘退士（一说号蘅塘，晚号退士），江苏无锡人。他幼年师从当地的吴鼐学习《易经》。十五岁为金匮县学庠生，即秀才。后入京师国子监学习，三十三岁中举，考授景山官学教习。三十五岁任职江苏上元县学教谕。乾隆十六年（1751）进士及第，此后历任顺天府大城县、直隶卢龙县、山东邹平等县知县，山东乡试考官，江宁府学教授等职。

在担任县令期间，他关心百姓疾苦，勤于政事，做了不少有利于国计民生的事。为了预防旱涝灾害，他捐银兴修水利，从而发展了农业生产。孙洙一身正气，深受当地百姓的爱戴；每当卸任时，百姓哭着为他送行。孙洙还是一位清官，不贪不腐，两袖清风，告老还乡时，轻车简从，囊橐萧然。在担任山东乡试考官时，"所得皆知名士"。可见，孙洙在选拔人才上也是独具慧眼。为官期间，孙洙仍好学不倦。大城县官舍潮湿窄小，没有地方放书，也不利于存书，孙洙乃将县署旁边一向用作厨房的老屋改造成了书斋，并为它取名为"补庄"。一有空闲，他就在这"补庄"里诵读。应该说，孙洙能够编成《唐诗三百首》，与他深厚的学养功底是分不开的。

乾隆四十三年（1778），孙洙在无锡去世，葬于无锡城南陈湾里。孙洙能诗善文，还著有《蘅塘漫稿》《排闷录》《异闻录》等。

《唐诗三百首》共选诗约三百一十篇，计有五古四十首、七古四十二首、五律八十首、七律五十一首、五绝三十七首、七绝六十首。道光年间，上元女史陈婉俊为之补注。四藤吟社刊刻时，以孙洙只录杜甫《咏怀古迹五首》中的两首，未为全豹，故补入了其余三首，使总篇目达到三百一十三首。四藤吟社主人在为《唐诗三百首》写的序中称此书"风行海内，几至家置一编"，真正达到了畅销书的效果。

　　此书选诗较精，涵盖面广，所选多是唐诗中脍炙人口的名篇。从具体诗人和诗作来看，突出盛唐和晚唐两个时期。盛唐突出王维、孟浩然、李白、杜甫和韦应物，晚唐则突出杜牧和李商隐。此外，为反映唐诗的整体面貌，避免只见树木不见森林的问题，在突出重点诗人的同时，编者还注意选取上自皇帝、宰相，下到僧人、歌女的诗作。在诗作题材上，则包含了山水田园、咏史怀古、登山临水、赠别远怀、边塞出征、思妇宫怨等。所选诗作风格或慷慨激昂，或哀怨悲歌，或飘逸豪放，或沉郁顿挫，但总体上符合温柔敦厚、怨而不怒的"雅正"要求。

编纂目的

　　孙洙为什么要编这部唐诗选本呢？这可以从《蘅塘退士序》中得到答案。序文说："世俗儿童就学，即授《千家诗》，取其易于成诵，故流传不废。但其诗随手掇拾，工拙莫辨，且止五七律绝二体，而唐、宋人又杂出其间，殊乖体制。因专就唐诗中脍炙人口之作，择其尤要者，每体得数十首，共三百余首，录成一编，为家塾课本，俾童而习之，白首亦莫能废，较《千家诗》不远胜耶？谚云：'熟读唐诗三百首，不会吟诗也会吟。'请以是编验之。"

从这篇序中，我们可以了解到孙洙编《唐诗三百首》是有三个目的。

首先，《唐诗三百首》是针对当时通行的蒙学读物《千家诗》编选不善而编的。"随手掇拾，工拙莫辨"是孙洙对《千家诗》的一个评价，这也意味着他选编唐诗要做到精挑细选（即不能"随手"），还要讲究"工"（即优秀的唐诗作品）。此外，孙洙还指出《千家诗》的范围"止五七律绝二体"，而不选古体诗。古体诗具有言志抒情的作用，重风骨，孙洙认为《千家诗》是本末倒置，会使人"堕入轻情志而逐声对的恶道"。再有，《千家诗》编选体例也很不合理，"唐、宋人又杂出其间，殊乖体制"。

其次，孙洙编《唐诗三百首》是"为家塾课本，俾童而习之，白首亦莫能废"。作为家塾课本，也是他编这部书的初衷。孙洙做过教习、教谕和教授，因此对当时家塾所用的教材应该非常了解。或许是他对当时的家塾课本并不满意，而自己又做过老师，对学生学习、理解知识的能力有所了解，因此决定亲自动手编一部关于唐诗的教材。从孙洙对所选诗歌作的注来看，可谓是既简明，又清晰，便于学生的理解和使用。

最后，孙洙想尝试把自己选编的唐诗集，作为学诗和写诗的入门向导。编这本书时，正是他做江宁府学教授之时，站在一府教授的角度指导学子学诗是很正常的。而且，清代科举考试，在乾隆二十二年（1757）出台了一个新规定，即从二十四年乡试开始，于第二场加试五言八韵试帖诗一首。也就是说，从这以后试帖诗成为科举考试中一项非常重要的内容。既然要考，就要有如何作诗的参考书，而孙洙又对"熟读唐诗三百首，不会吟诗也会吟"这句谚语比较相信，因此他编了《唐诗三百首》，用来帮助学子学作诗、应科举。

"诗教"功能

作为一部历经数百年而盛行不衰的唐代诗歌选本和

启蒙读物,《唐诗三百首》还具有社会教化的功能,我们称之为"诗教"。

诗歌的社会教化功能是自《诗经》以来形成的我国诗歌传统中最基本的社会功能。虽然《唐诗三百首》的选编者孙洙未曾明言此书的命名与《诗经》有什么关系,但提到"三百"这个词,很容易让人想到我国第一部诗歌总集《诗经》。因为《诗经》又称"诗三百",《论语·为政》中说:"子曰:《诗三百》,一言以蔽之,曰'思无邪'。"此句中的"诗三百"指的就是《诗经》。由于《诗经》在中国经学和文学史上都具有崇高的地位,因此,"诗三百"便成为一种特殊的文化符号扎根在人们的心中。有现代学者直接指出,《唐诗三百首》这个书名就是取"诗三百"之义。

在选篇上,《诗经》共收诗歌三百零五篇,又有六篇有目无词的"笙诗",共计三百一十一篇,说"诗三百",乃取其整数而言。孙洙共选唐诗三百一十首,数目和《诗经》十分相近,而且也取其整数以名诗集。这也从另一个方面显示了它对《诗经》内在传统的继承。

《论语·阳货》中记载孔子谆谆教导后辈说:"小子

何莫学夫《诗》?《诗》可以兴,可以观,可以群,可以怨。迩之事父,远之事君;多识于鸟兽草木之名。"可见,学习诗歌,既可以宣泄个人情志,又可以增长自然、社会知识,还可以很好地协调各种人际、人伦关系,这就是所谓的"诗教"功能。孙洙编《唐诗三百首》,自然也是受到了孔子关于诗之用观点的启发。其目的就是通过温柔敦厚的诗教感发人心,潜移默化地端正人的思想,纯洁人的心灵,从而陶铸儒家理想的高尚人格。

《唐诗三百首》的"诗教"主要有以下几个方面。

首先是思想教育。前面已经提到,孔子评价《诗经》为"思无邪",而这三个字也成为《唐诗三百首》的选诗标准。比如此书卷八选录了郑畋的《马嵬坡》一诗:"玄宗回马杨妃死,云雨难忘日月新。终是圣明天子事,景阳宫井又何人。"根据《全唐诗》所载诗篇统计,唐人写关于马嵬坡的诗近百首,其中不乏佳作,孙洙为何偏偏要选这一首呢?我们从他为此诗所加的批语中可以得到答案:"唐人马嵬诗极多,惟此首得温柔敦厚之意,故录之。"原来,孙洙看重的是此诗体现出的"温柔敦厚"的教育意义。

再从选篇来看,《唐诗三百首》共收七十七位作者（包括"西鄙人"和无名氏）的作品，其中选杜甫的诗最多，达三十九首。可以说杜甫各个时期的重要作品均有选录，从青年时期的《望岳》，困守长安时期的《兵车行》《丽人行》，陷"贼"时的《春望》《月夜》，流离陇蜀和夔州时的《佳人》《蜀相》《闻官军收河南河北》，直到最后漂泊湖湘时的《登岳阳楼》，都是传诵千古的名篇。编者为何对杜甫情有独钟呢？不仅仅是因为他诗宗杜甫，更是因为"诗圣"杜甫的一生充满着忠君爱国的赤诚、感时忧民的忧虑，以及虽处颠沛流离却时刻心系家国黎民的执着，而这正是儒家理想人格的现实体现。若论性情之正，若说"思无邪"，自当首推杜甫。综观《唐诗三百首》，其他诗人的诗歌大致也不偏离此旨，即便不是关乎国计民生的抒情之作，也是抒发清新纯止之情的佳品。

其次是情感教育。诗歌的特质在于以情动人，诗歌的产生即是"情动于中而形于言"的结果，情感空乏之作是难以收到好的教化之效的，因此，情感教育也是诗教的重要内容之一。应该看到，孙洙编《唐诗三百首》不是为政治目的，而是以启蒙教育为主，于是在诗歌的选择上较为放得开。编者在《序》中说是"专就唐诗中脍炙人口之作,择其尤要者"进行编选,因此书中所选诗篇都是历经筛选后仍然在社会上广为传诵的佳作。而民间对诗歌的赏好,情感蕴含是很重要的,甚至是决定性的因素。

李商隐的《无题》诗向以晦涩难解著称。元好问《论诗三十首》评李商隐的诗说:"望帝春心托杜鹃,佳人锦瑟怨华年。诗家总爱西昆好,独恨无人作郑笺。"李商隐的诗之所以难解,是因为人们往往以传统比兴之意去索求其寄托,但诗中对此深义并无明确的指向,因此便一筹莫展。其实,读李商隐的诗,重点在于其中缠绵悱恻、深挚感人的朦胧情感,这是不需深求而很容易就能感受到的。《唐诗三百首》选入《锦瑟》一诗及其《无题》诗六首,无疑看重了其诗歌的情感感染力。

此外,《唐诗三百首》还注重表现君臣、父子、亲朋等有关纲纪伦常之情的作品。像杜甫那首写伉俪相思之情的《月夜》,以"露从今夜白,月是故乡明"的忆弟深情打动人心的《月夜忆舍弟》,以及几首怀念李白的诗篇,都是这方面的代表作。在《月夜忆舍弟》的评语中，孙洙说道："录少陵律诗，止就其纲常伦纪间至性至情流露之语，可以感发而兴起者，使学者得其性情之正，庶几养正之义云。"元稹、白居易是以乐府见长的诗人，但《唐诗三百首》没有选他们的乐府之作，却选了白居易的《长恨歌》《琵琶行》，以及元稹悼念亡妻的《遣悲怀三首》等，这些都是情深意挚、凄婉动人的抒情佳作。正是在这些亲情、友情、夫妇之情等平常而又普遍的人伦关系中，才能见出人类情感的平实而又伟大，杜甫深切的忧国爱民之念正是人伦情感的升华。唯有此至情至性，方能有更深更高的社会情感。孙洙选诗特别注重日常人情，应该说是很有见地的。

孙洙说《唐诗三百首》是"专就唐诗中脍炙人口之作，择其尤要者"编选而成的，之所以"脍炙人口"，就是因为所选诗歌具有高度的审美性。具体说来，包括诗歌艺术和审美意境两个方面。

《唐诗三百首》非常注意选择艺术上具有代表性的作品，并且还作了简要的评注。如杜甫《春望》开头两联批曰"四句十八层"，"烽火连三月"一句批曰"承感时"，"家书抵万金"一句批曰"承恨别"，将此诗的结构层次、意脉承接细细地剖析出来。对杜牧《秋夕》的批语是："层层布景，是一幅着色人物画，只'卧看'二字，逗出情思，便通身灵动。"指出其以景含情的艺术特点。在分析诗歌的艺术时，编者有对诗法的解释，但他更注重提醒读者优秀的诗歌应该是浑然一体、一气贯注的。例如，对孟浩然《宿桐庐江寄广陵旧游》前两联的批语道："二十字可作十五六层，而一气贯注，无斧凿痕迹。"对白居易的《自河南经乱关内阻饥兄弟离散各在一处因望月有感聊书所怀寄上浮梁大兄于潜七兄乌江十五兄兼示符离及下邽弟妹》批道："一气贯注，八句如一句，与少陵闻官军作同一格律。"可见编者十分注重诗歌的整体性、连贯性。这些诗歌艺术表现、艺术特征等方面的简明批语，虽然没有多少独到的见解，但对初学者来说，这种诗艺的指点还是非常必要的。

诗法、诗艺是作诗的基础，但并不是诗歌的最终目的。诗歌的最终目的是要具有高度的审美愉悦性，做到以情动人、以境感人，《唐诗三百首》选诗的最终目的也在于此。唐诗的优美意境在山水田园诗中体现得最为充分。王维、孟浩然、韦应物、刘长卿四位都是以写山水田园著称的诗人,《唐诗三百首》中录有多篇他们的作品。另外,书中还选入了一些诗人与王、孟等的唱和之作,如李白的《赠孟浩然》。写山水田园之趣的诗歌,约有六十多首,占了总数的五分之一,足见选家对此种诗歌意境的喜爱。

《唐诗三百首》对"神会""神来"之作更是赞不绝口。如编者对宋之问《题大庾岭北驿》一诗的批语为:"四句一气旋折,神味无穷。"又称杜甫的《闻官军收河南河北》:"一气旋折,八句如一句,而开合动荡,元气浑然,自是神来之作。"

由此可以看出,《唐诗三百首》在审美上是有其独立的诗歌美学标准的,主要是:具有精工的艺术表现力、富于流美的诗歌韵律、蕴含真挚深厚的思想感情、饶有味道的悠然韵致。

总之,《唐诗三百首》是唐诗的缩影,这本包纳三百余首唐诗的选集体现了唐诗的风骨,展示了唐诗的精髓,凸显了唐诗的灵魂。它给人以美的享受,在提高人们文学修养的同时,也使人获得不少教益。

经典诵读：《唐诗三百首》选读

长安遇冯著

[唐] 韦应物

客从东方来，衣上灞陵雨。
问客何为来，采山因买斧。
冥冥花正开，飏飏燕新乳。
昨别今已春，鬓丝生几缕。

客人从东方过来，
衣服上还带着灞陵的雨。
问客人为什么来，
客人说为了上山砍伐树木来买斧头。
百花正在悄悄地盛开，
轻盈的燕子正在哺乳新雏。
去年一别如今又是春天，
两鬓的头发不知又生出多少。

听蜀僧濬弹琴

［唐］李白

蜀僧抱绿绮，西下峨眉峰。
为我一挥手，如听万壑松。
客心洗流水，余响入霜钟。
不觉碧山暮，秋云暗几重。

四川僧人抱弹名琴绿绮，
他是来自巴蜀的峨眉峰。
他为我挥手弹奏了名曲，
好像听到万壑松涛雄风。
高山流水音调一洗情怀，
袅袅余音融入秋天霜钟。
不知不觉青山已披暮色，
秋云也似乎暗淡了几重。

十八 《浮生六记》:
清代才子沈复的自传体随笔

这是一部失而复得的奇书，一经问世，便大受欢迎，此后不断以单行本的形式刊印，人们争相阅读，如今已成为一部具有经典性质的文学名著。它就是有着"晚清小红楼"之称的《浮生六记》。俞平伯曾评价此书说："俨如一块纯美的水晶，只见明莹，不见衬露明莹的颜色；只见精微，不见制作精微的痕迹。"其爱好者甚至有"浮迷"之称。

冷摊上发现的奇书

光绪三年（1877），市面上出现了一部名为《独悟庵丛钞》的书。书中辑录了几种少见的笔记著作，其中一种为沈三白的《浮生六记》。在当时人眼中，这部书的名字很陌生，作者沈三白是何许人，也不得而知。书的篇幅不长，只有六卷，而且还残缺不全，少了后两卷。

《独悟庵丛钞》的辑录者是杨引传，这个人我们或许不太熟悉，但提到晚清思想家王韬，知道的人就比较多了。王韬的妻兄就是杨引传。杨氏原名延绪，号醒逋、苏补、淞滨外史、老圃，斋名独悟庵，吴县（今江苏苏州）人，主要活动在清道光至光绪年间。

原来，沈复在写完《浮生六记》后，并没有刊行，书稿也就渐渐失去了踪迹。一个偶然的机会，杨引传在家乡苏州的一个冷摊（不引人注意的小摊）上看到了这部书，作者名为沈三白，于是将其买了下来。据杨氏介绍，自己得到的是"作者手稿"。此后，他"遍访城中"，寻访有关作者沈三白的信息，但一无所获。尽管如此，他还是决定把这部书刊印出来。

而为这本书的刊印贡献力量的就是王韬。1873年，王韬买下了英华书院的印刷设备，1874年，创办了世界上第一家华资中文日报——《循环日报》，王韬因此被尊为中国第一报人。自己的亲戚有印刷设备，出版自然要方便得多。于是杨引传将"手稿"交给王韬，王韬还写了一篇跋文，杨氏也写了一篇序文。由此，残缺二卷的《浮生六记》得以与广大读者见面。

我们今天能够阅读、欣赏这部书，真应该感谢杨引传，没有他与《浮生六记》的偶然相遇，也许这部书早已失传，没有人会知道天地间还曾有过这样一本好书。

《浮生六记》刊行后，很受欢迎。但随之又出现一个问题，就是读者并不甘心缺失的那两卷正文就此消失，于是纷纷开始寻"宝"之旅。

1935年，戏剧性的一幕出现了。同年8月，上海世界书局出版《美化文学名著丛刊》，其中收录了带有后两卷的《浮生六记》，即所谓足本《浮生六记》。这个"足本"是由一位叫王文濡的人提供的，据说他也像杨引传当年一样，是在苏州的冷摊上买到的。

王文濡，原名承治，字均卿，别号学界闲民、天壤王郎、吴门老均等，南浔（今浙江湖州南浔区）人。曾先后在商务印书馆、中华书局、大东书局、文明书局等多家出版机构任职。早在1915年，王文濡就曾将《浮生六记》收入其所编的《说库》中，由文明书局刊行，只不过是四卷本。

王文濡发现的"足本"一出，立即引起了人们的广泛关注，但争议也随之而来，首先就是后两卷的真伪问题，再者就是作者沈三白究竟是何人。

破解这部书的几个谜团

经过多年的考证和探索，人们逐渐寻找到一些资料，关于《浮生六记》的一些问题也逐渐得到破解。

首先是作者的问题。直到今天，我们对沈复的了解还不算很多，但与杨引传当初得到《浮生六记》时"遍访城中，无知者"的情况相比，还是要好很多。

综合现有的资料可知，沈复，字三白，号梅逸，长洲（今江苏苏州）人，清代文学家，工诗画。当然，短短数语勾勒出来的沈复形象仍然是较为模糊的，如果想进一步了解沈复的生平事迹、思想情感，就要阅读《浮生六记》了，因为这本书可以看作作者的自传。据《浮生六记》的记述，沈复出身于一个幕僚家庭，没有参加过科举考试，曾以卖画维持生计。他喜爱盆景、园林，多才多艺，为人洒脱达观，不拘小节。他与妻子陈芸志趣投合，情感深厚，愿意过一种布衣素食而从事艺术的生活，但因社会现实等因素，这个理想终未实现，反而经历了生离死别之痛。妻子死后，沈复去四川当过幕僚。此后情况不明。

应该说，沈复是一位无心插柳柳成荫的作家。他写《浮生六记》，更多的是自娱，是一份记忆和怀念，并没有将其公之于众以博取名利的想法。因此，在作者身后的数十年间，并没有多少人知道这本书的存在。如果不是杨引传这位有心人偶然所得，并将其刊印出来，我们今天很可能就看不到这样一部真性情的书了。应该说，沈复能够名垂文学史册，不是靠权势，不是靠金钱，不是靠家族，更不是靠炒作和包装，而是切切实实地靠个人的真情和人格，靠个人的才华和文笔。对于这样的作家，我们理应怀有崇敬之心。

其次是关于"足本"的问题。这个问题现在已基本得到解决。经过认真比对，研究者找到了"足本"中后两卷的源头。

卷五《中山记历》是将李鼎元的《使琉球记》改头换面，拼凑而成。李鼎元曾于清嘉庆五年（1800）作为副使出使琉球，《使琉球记》记载了他此次到琉球的所见所闻。卷六《养生记道》的来源有二：一是张英的《聪训斋语》；二是曾国藩的《求阙斋日记类钞》。据陈毓罴先生统计，《中山记历》"全文有百分之九十四是偷袭来的"，《养生记道》则抄袭《聪训斋语》十一条，抄袭《求阙斋日记类钞》八条。

那么，这个所谓的"足本"又是如何产生的呢？显然问题出在"足本"的提供者王文濡身上。到了二十世纪八十年代，随着知情人的现身，事情的真相逐渐显露出来。

郑逸梅1981年撰写的《〈浮生六记〉的"足本"问题》一文，谈到当年王文濡曾想请他代笔"仿作两篇，约两万言"，但他没有答应。后来"世界书局这本《美化文学名著丛刊》出版，那足本的六记赫然列入其中。那么这遗佚两记，是否由他老人家自撰，或托其他朋友代撰，凡此种种疑问，深惜不能起均卿于地下而叩问的了。总之，这两记是伪作"。

伪作是王文濡请人代笔，这是没有问题的，但它到底出于何人之手呢？到了1989年，这一谜底终于被揭开。王瑜孙发表《足本〈浮生六记〉之谜》一文，指出"足本"后两卷的作者为黄楚香，酬劳为二百大洋。至此，困扰人们半个多世纪的难题得到了彻底解决。

由于"足本"《浮生六记》的后两卷系后人伪作，"足本"这一名称也就名不副实了。今天我们所见的《浮生六记》，大多都是四卷，后两卷的伪作，往往作为附录置于其后，以便读者参考。

这部书为什么能广受欢迎

《浮生六记》是沈复以回忆形式写的一部自传体随

笔。作者身份极为普通，写的不过是日常琐事，既没有金戈铁马，也没有江湖恶斗，更没有降妖除怪，一切都是那么平凡普通，甚至我们生活中就可以见到相似的人，遇到相似的事。那么，为什么《浮生六记》一经问世就能广受欢迎呢？

四卷本《浮生六记》，包括闺房记乐、闲情记趣、坎坷记愁、浪游记快。书中以沈复夫妻的生活为主要内容，描写了平淡而又充满闲情雅致的居家生活和作者在各地游玩的所见所闻。情感真实，平淡自然，这是此书的最大特点。读者在阅读后，对人物和事件，或羡慕，或感同身受，或努力追求，或陷入沉思……可见，正是因为它的平凡普通，才不会显得装腔作势，才会让人感到亲切自然，才能引起读者的共鸣，最终聚拢了一批"浮迷"。

首先说"闺房之乐"，主要体现在《闺房记乐》一篇中，此篇记述了沈复夫妻二人感情深笃的美好时光，情感真挚，尽显深情。

闺房之乐大都"仰仗"陈芸这样一位"中国文学中最可爱的女人"。陈芸不同于流俗，不爱珠宝首饰，却钟情残书破卷。刚开始时，陈芸比较沉默，沈复便嘲笑她"礼多必诈",陈芸则反唇相讥,赢了沈复,从此二人便将"岂敢""得罪"当成了口头禅。本来不爱言语的女孩子转变成喜戏谑、爱贫嘴的小女人。从此,二人感情日笃。

沈复和陈芸经常开玩笑,尽显夫妻间的恩爱和美。书中写道:

陈芸每天吃饭必用茶泡,喜欢用茶泡食芥卤腐乳,吴语俗称其为"臭腐乳",她还喜欢吃虾卤瓜。这两样东西都是我平生最厌恶的,因此调侃她说:"狗没有胃而吃屎,因为它不知道臭味污秽;屎壳郎团粪化蝉,因为它想往高处飞,你是狗呢,还是蝉呢?"芸说:"臭腐乳价钱便宜,可就粥可下饭,我小时吃惯了,如今嫁到你家,已像屎壳郎化蝉了,但仍然喜欢吃它,那是因为我不忘本啊!至于卤瓜的味道,还是到你家才尝到的。"我说:"那么我家就是狗窝呗?"芸有些尴尬,于是强辩道:"粪便人人家里都有,关键在吃与不吃的区别。你喜欢吃蒜,我也勉强吃点儿。臭腐乳我不敢强迫你吃,不过卤瓜可捏着鼻子稍微尝点儿,咽下去后就知道它的味道好了,这就像无盐相貌丑陋但品德高尚一样。"我笑着说:"你是要陷害我当狗吗?"芸说:"我已经当了很长时间的狗了,委屈你也尝尝吧。"说完便用筷子夹着强塞到我嘴里。我掩着鼻子咀嚼,似乎觉得爽脆可口,松开鼻子再嚼,竟然觉得是一种难得的美味,从此也喜欢吃了。芸用麻油加少许白糖来拌臭腐乳,味道也很鲜美;把卤瓜捣烂来拌臭腐乳,称其为"双鲜酱",味道也很别致。我说:"开始厌恶最终却喜欢上了,道理上难以说通。"芸答道:"情之所钟,即使丑陋也不嫌弃。"

多么情意满满的对话,二人既是夫妻,又是知己,"本真"之乐尽显其中,让读者在一笑之余,心生羡慕。

另外,陈芸对丈夫的关心也是无微不至的。书中写道:妻子陈芸的堂姐出嫁,作者当天夜里到城外送亲,回来的时候已是三更时分,饥肠辘辘,想找点儿东西吃。女仆拿来些枣脯,作者嫌它太甜不想吃,妻子陈芸则暗中牵着作者的袖子,让其跟着她走进卧室。原来,妻子知道他不喜欢吃甜食,特意准备了热粥和小菜。作者欣然举起筷子,忽然听到妻子的堂兄在外边喊道:"淑妹快来!"妻子急忙关门说:"我已疲乏,准备睡觉呢。"堂兄从门缝挤了进来,看到作者准备喝粥,便斜眼看着陈芸,笑道:"刚才我跟你要粥,你说没有了,原来藏在这里专门招待女婿啊!"

从妻子陈芸为丈夫准备粥食,到堂兄"责怪"妹妹"说谎",都显示出妻子对丈夫的关爱,二人真是情深意笃。

其次,作者的性格和生活情趣也受到了读者的喜爱和关注。沈复天生就是一个乐观旷达之人,从小就充满了好奇心,能够从平淡无奇的生活中寻找乐趣。卷二《闲情记趣》开篇就写了作者儿时的诸多趣事,看蚊子跳舞、用鞭子驱赶蛤蟆等,给人一种别样的童稚趣味。比如"余忆童稚时,能张目对日,明察秋毫。见藐小微物,必细察其纹理,故时有物外之趣"。其实生活中有很多乐趣,对于一些懂得生活、善于生活的人来说,只要用心去发现,用心去探索,乐趣就在其中,沈复就是这样的人。一次,沈复在草丛中看两只小虫打斗,却被一只癞蛤蟆惊扰了兴致,年幼的沈复十分生气,捉住癞蛤蟆用鞭子狠狠抽打它,最后将它驱逐到偏院方才解心中的愤恨。我们在阅读这段文字时,眼前会浮现出一个调皮孩子的身影,那一桩桩一件件的趣事,仿佛就是我们对儿时的回忆，让我们不仅能感受到和作者同样的乐趣，还能体会出作者自由率真的天性。

沈复生活的时代，人们多以科举功名为重，然而他却看淡名利，留心于身边的自然、花草、山水，并将其作为情之所寄。于是，沈复往往能发现常人所忽略的精致，能用一双善于发现的眼睛和善于感受美的心灵，捕捉人生的快乐，体会生活的自在。《闲情记趣》中有一段是写作者植兰的。他很喜欢兰的芳香幽然，韵致优雅，于是用心灌溉。兰也像得了灵气一般，长得葱绿雅静，香气浓郁，很惹人喜爱。其实，作者想在这里体现的是物我之间的"互动"：当沈复和妻子陈芸对兰悉心照顾的时候，兰也会用自己的美丽来回报他们。文中对此进行细致描写，使本来平淡无奇的盆景在沈复和妻子平凡的生活中充满了诗意与恬淡雅致的艺术美感。其实，这些在我们生活中都是极为常见的事情，但在沈复的笔下，我们不仅能感受到他和妻子生活的雅致和情趣，还能感悟到生活的真谛，体现了作者的人文主义情怀。

在第四卷《浪游记快》中，那种自然万物的美更是透过作者的文字迎面而来。游西湖时，那些有趣的假山怪石，活泼的鱼儿，都各有妙处。后来去安澜园，那里的景致布局虽是人工营造的，但最后都归于天然，也别有一番滋味。而火云洞天，山石中蕴含的意境更给人以深刻印象。这些地方都有独特的美妙之处，可以看出作者诗意的心境和追求天人合一的意趣，也使我们更愿意亲近大自然，从中缓解压力，寻找快乐，激发灵感，把握生命。

可以说，《浮生六记》因其感情真挚、内容真实、富有新意、意境深远，而有着强烈的艺术感染力和强大的艺术生命力，让读者为之倾倒、叹服。

书中的"真""善""美"

沈复写《浮生六记》，是想纪念亡妻陈芸和追忆往日美好的时光，有时又是排遣自己的愁绪，记录他这一生的幸福快乐和经历的苦痛。这本书的最大特点就是蕴含其中的"真""善""美"。

《浮生六记》之所以能够打动读者，是因为文字中所表现出的真诚，沈复是在用自己的真心实感来写作，所以才写得那么动人心弦。他在文章中反映出现实人生的真相，这使得此书有了现代小说的一些现实主义特征。正是由于他毫无功利性质的描写，使他的文字不仅具有真情实意，而且显得自然清新，处处闪耀着朴实的性灵之美。文章中自然流露出的那种真挚情感和超越世俗的理念，不仅具有先进性，而且具有启发意义。

除了与妻子的真挚感情，沈复与朋友的交往也是那么真诚，让人心生羡慕。比如居住在朋友的萧爽楼时，友人知道沈复家里比较贫困，所以每次去找他畅饮闲聊时，都会凑钱买酒。他们在一起畅快喝酒，吟诗作画，有了一些奇思妙想，便会付诸实践。比如在一个春天，他们约好去赏油菜花，于是便租了火炉，先是煮茶，后来是边温酒，边烧菜，引得路过的游人赞叹不已，别有一番趣味。在朋友的感染下，沈复甚至变得"肆意妄为"，在牛背上放声高歌，在沙滩上饮酒跳舞，无拘无束，自在游乐，排解了忧愁。

至于善，主要体现为作者的精神境界和品格。沈复虽身为寒士，靠游幕、经商维持生计，生活不时陷入困顿，但他一直保持着乐观旷达的人生态度，和妻子相互扶持，珍惜身边拥有的一切，共同面对生活中的种种难题。

沈复根据自身的物质条件，追求生活的高品位，寻找生活的乐趣，为自己也为别人带来快乐。虽然生活清贫，但日子照样过得有滋有味，充满情调，其乐融融。这种乐观旷达的人生态度深深打动着读者，成为一种永恒的东西。

美则主要体现在作者的文笔上。日常琐事，往往让人觉得单调、沉闷，但读起《浮生六记》，却让人兴味盎然。这是因为作者善于剪裁，他很注意选择那些最能体现人物性格和情趣的场景，精心描绘，形象逼真，如在眼前。

写景状物更是作者的拿手好戏，这一方面得益于他的丰富经历，见多故能识广，所以才能从容不迫，娓娓道来。另一方面则得益于他的艺术修养。作者精于盆景，又擅长丹青，因此能将自己的才艺融入笔墨中。对每处景致，并不全面铺写，而是点出其特色，寥寥数笔，便能达到精确而传神的效果。作者的文学功力，着实令人叹服。

李白在《春夜宴从弟桃花园序》中写道："夫天地者，万物之逆旅也；光阴者，百代之过客也。而浮生若梦，为欢几何？"体现的是对时光易逝、往事如烟的无限感伤与茫然。一般认为，《浮生六记》中的"浮生"二字即取意于此。

恬淡,素雅,沈复用简洁、老到的文笔将那些平淡生活中的诸多琐事向我们娓娓道来,让我们感受到了人间的真善美,还有文字中体现出的生命灵动之美、生活情趣之美、人间真情之美,让读者切实感受到了平淡生活中不一样的诗情与优雅。这也是《浮生六记》最吸引人的地方。

经典诵读:《浮生六记》选读

高义园即范文正公墓,白云精舍在其旁。一轩面壁,上悬藤萝,下凿一潭,广丈许,一泓清碧,有金鳞游泳其中,名曰"钵盂泉"。竹炉茶灶,位置极幽。轩后于万绿丛中,可瞰范园之概。惜衲子俗,不堪久坐耳。是时由上沙村过鸡笼山,即余与鸿干登高处也。风物依然,鸿干已死,不胜今昔之感。

正惆怅间,忽流泉阻路不得进。有三五村童掘菌子于乱草中,探头而笑,似讶多人之至此者。询以无隐路,对曰:"前途水大不可行,请返数武,南有小径,度岭可达。"从其言,度岭南行里许,渐觉竹树丛杂,四山环绕，径满绿茵，已无人迹。竹逸徘徊四顾曰："似在斯，而径不可辨，奈何？"余乃蹲身细瞩，于千竿竹中隐隐见乱石墙舍，径拨丛竹间，横穿入觅之，始得一门，曰"无隐禅院，某年月日南园老人彭某重修"，众喜曰："非君则武陵源矣。"(《浮生六记·浪游记快》)

高义园就是范文正公（范仲淹）的墓地，白云精舍在其旁边。其中有座房子面朝石壁，上面悬挂着藤萝，下面开凿了一个水潭，有一丈见方，一泓清碧，小鱼在其中游动。此处名叫"钵盂泉"。竹炉茶灶，所在的位置极为幽僻。站在轩后的万绿丛中，可以俯瞰范园的全景。可惜僧人俗气，不堪久坐。此时从上沙村过鸡笼山，就是我和鸿干登高的地方。如今风物依然，鸿干已死，让人有不胜今昔的感叹。

正在惆怅的时候，忽然有条湍急的溪流挡住去路，无法前行。附近有三五个村童在乱草中挖菌子，他们探头看着我们笑，似乎很惊讶怎么会有这么多人来到这里。向他们询问去无隐庵的路，他们答道："前面水大不能走，请返回几步，向南有条小路，翻过山岭就可以到达。"我们按照村童说的，翻过山岭向南走了一里多地，渐渐觉得竹树丛杂，四面群山环绕，路上都是绿荫，没有人来过的痕迹。竹逸徘徊着往四周看，说道："好像在这里，但路已无法辨认，怎么办呢？"我蹲下身来细细观察，在竹林里隐隐约约看到有乱石墙舍，拨开竹丛，从里面穿过去寻找，这才看到一个小门，上面写着"无隐禅院，某年月日南园老人彭某重修"，大家都高兴地说："如果不是你，今天这里就成了武陵源啦。"

十九 《梦溪笔谈》：中国科学史上的里程碑之作

早年出仕，晚年著书

《梦溪笔谈》是北宋科学家、政治家沈括晚年编撰的一部综合性笔记体著作。

沈括是钱塘（今浙江杭州）人，北宋仁宗天圣九年（1031）出生于一个中等官僚士大夫家庭。父沈周进士出身，曾辗转各地任地方官。沈括自幼即随父到过润州、高邮、开封、苏州、泉州、明州等地，由此接触了社会，开阔了眼界，了解了各地风土人情和下层民间疾苦，这对他今后为官和学习都是很有帮助的。

沈周去世后，为了生计，沈括走上了仕途，出任海州沭阳县（今属江苏）主簿，后又任海州东海（今江苏东海县）、宣州宁国（今安徽宁国县）、陈州宛丘（今河南淮阳县）等地县令。在任地方官期间，沈括励精图治，尤为重视水利建设，"疏水为百渠九堰，以播节原委，得上田七千顷"，取得了显著成绩。

仁宗嘉祐八年（1063），三十多岁的沈括中了进士，出任扬州司理参军；后入京师（开封）任昭文馆校书郎、司天监等职，参与修订历法、研究浑天仪。神宗熙宁年间，沈括又参与了王安石变法，任"三司使"（主管国家财政的最高官员）一职，史称他"博物洽闻，贯乎幽深，措诸政事，又极开敏"，这主要是针对他熟悉古今制度，又懂得如何变通运用而言的。这期间，沈括还出使辽国，就宋辽边界问题进行谈判，受到了皇帝的嘉奖。

元丰初年，沈括被调往西北任军职，参加了与西夏之间的各种军事活动。然而，此时王安石变法失败，反对派上台，将沈括列入新党"余孽"。沈括遭排斥打击，终以西夏攻陷永乐城、救助不力为名获罪，被贬随州（今湖北随县），后改秀州（今浙江嘉兴）。幸运的是，沈括向皇帝呈献了花费多年精力编制而成的《天下州县图》，被允许"任便居住"。此后，他移居润州（今江苏镇江）的梦溪园，潜心学问，直到去世。《梦溪笔谈》一书就是此时编纂完成的。

《梦溪笔谈》共三十卷，其中包括《笔谈》二十六卷、《补笔谈》三卷、《续笔谈》一卷，内容涉及天文、历法、气象、地质、地理、物理、化学、生物、农业、水利、建筑、医药、历史、文学、艺术、人事、军事、法律等诸多领域。特别是作者以近三分之一的篇幅总结了中国古代，尤其是北宋时期自然科学所达到的辉煌成就，详细记载了我国劳动人民在科学技术方面的卓越贡献，对后世产生了很大影响，从而受到国内外学者的重视，英国科学史家李约瑟评价此书为"中国科学史上的里程碑"。

有学者认为，《梦溪笔谈》是沈括晚年所作笔记文字的结集，但不一定都作于他居梦溪园之后，有些可能在他贬居随州时已开始写作，或者是更早笔记的拣选整理，然而大部分条目的写作和全书的结集则是在他入住梦溪园之后。

《梦溪笔谈》成书后，宋人对其评价已不低，南宋时引用和辩论此书的学者不计其数。宋代的三大笔记体著作，此书居其一（另外两种是洪迈的《容斋随笔》和王应麟的《困学纪闻》）。清代人较为重视《困学纪闻》，这多是由于此书立足正统的经史考；而近来《梦溪笔谈》的知名度逐渐增加，这又多是由于今人对科技的重视。

书名的由来

沈括将此书取名《梦溪笔谈》，自有渊源和内涵。

"梦溪"取自沈括晚年所居的"梦溪园"。关于"梦溪",据沈括《自志》所说,是缘于他年三十许时,曾梦见来到一处小山,见"花木如锦覆,山之下有水,澄澈极目,而乔木翳其上",因而"梦中乐之,将谋居焉"。后来他常梦至其处,"习之如平生之游"。熙宁年间,他托一位道士在江苏镇江买下一处园圃,但没有去看过。被贬后,他恍然发现先前所买下的园圃正是梦中所游之地,认为自己的缘分在此,于是决定在这里筑室安居。其地"巨木蓊然,水出峡中,渟萦杳缭,环地之一偏者",因此称它为梦溪。

沈括的梦溪园确是个好地方。溪之上耸立的山丘,千木放花,名曰百花堆,他的庐舍就建在花堆的中间。庐舍之西是荫于花竹之间的壳轩,轩之上有俯瞰山下田野阡陌的花堆阁,阁旁百寻巨木参天。靠近花堆崖头有茅舍曰岸老堂,堂后有俯瞰梦溪的苍峡亭。西花堆有环绕湍急绿波的万竿青竹,名曰竹坞。过竹坞而南,在溪岸与岸上道路之间有狭长的杏嘴。竹林中有供游宴的萧萧堂,堂南水边轩榭曰深斋,又有建在封土高台上可以眺望的远亭。这样的地方,在今人看来真如梦境。沈括又说自己"所慕于古人者,陶潜、白居易、李约,谓之'三悦',与之酬酢于心;目之所寓者,琴、棋、禅、墨、丹、茶、吟、谈、酒,谓之'九客'"。在这样的环境中过退隐的生活,也是古代士大夫文化的"一绝"了。

"笔谈"二字,则是作者在深居简出之后,想到平时与客人朋友谈论过的一些问题,时时做些回忆性质的笔记,就像又回到当日与客人会晤闲谈时的情景,而每每沉浸于笔谈之中,萧逸忘情,不知日已偏西。当然,作者实际所与交谈的,不过笔墨纸砚罢了。

沈括个人素质与《梦溪笔谈》的编纂

《梦溪笔谈》作为一部综合性的笔记,完全出自沈括之手,我们不禁要问,沈括的能力真的如此出众?书中的描述,特别是对于中国古代科技的记录都是真实的吗?答案是肯定的。

沈括幼年的见闻以及多年的为官经历,使他对各地的风俗、社会的人情世故有着深刻的理解和感悟。同时,沈括也是一位博学之士,对于唐宋制度史、宋代财政史、音乐学、天文历算学、医药学、地理地图学、考古学、诗学及书画学、音韵学、文献考证学等无不精通。尤为重要的是，沈括的成就与其具有朴素的唯物主义思想是分不开的。宋朝理学归根结底是客观唯心的，沈括则强调"天地之变，寒暑风雨，水旱螟蝗，率皆有法"，法即事物变化的法则。他还说"大凡物理有常有变"，所谓"有常"，就是遵循着一定的自然规律，所以"有变"，是因为具体条件的不同而引起的。他指出"天变"不值得大惊小怪，这是对王安石"天变不足畏"思想的支持。

这种朴素的唯物主义思想，使沈括注意总结群众的实践经验，重视劳动人民的发明创造。

比如他在《梦溪笔谈》中详细记载了布衣毕昇发明的活字印刷术，喻皓《木经》及其建筑成就，水工高超的三节合龙巧封龙门的堵缺方法，淮南布衣卫朴的精通历法，登州人孙思恭解释虹及龙卷风，河北"团钢""灌钢"技术，等等。此外，唯物思想还使沈括重视实践，身体力行，亲自观察体验，掌握第一手材料。比如在《梦溪笔谈》中有大量关于医药的论述，订正了许多药物的名称和药效，这是和沈括虚心调查分不开的。他每到一地，无论是医师、市民、劳动群众、士大夫以至

"山林隐者","莫不询究","无不求访"。他从民间收集的许多药方,都会经过临床试验,"必目睹其验,始著其篇"。又如,熙宁六年(1073),他曾赴浙东实地考察,目睹"温州雁荡山,天下奇秀。……予观雁荡诸峰,皆峭拔险怪,上耸千尺,弯崖巨谷,不类他山,皆包在诸谷中,自岭外望之,都无所见;至谷中则森然干霄。原其理,当是为谷中大水冲激,沙土尽去,唯巨石岿然挺立耳",由观察而推断:雁荡山诸峰是由流水冲刷侵蚀而形成的。

可见,《梦溪笔谈》是沈括一生经历和学识的总结,沈括朴素的唯物主义思想和求真务实的态度,大大提升了此书的史料价值。

中国科学史上的里程碑

《梦溪笔谈》成书后,不仅受到国内的重视,而且具有世界性影响。日本早在十九世纪中期,就排印了这部名著。二十世纪,法、德、英、美、意等国家都有学者、汉学家对此书进行系统而又深入的研究,而在这之前,早有英语、法语、意大利语、德语等多种语言的翻译本问世。

谈到此书的最大价值,莫过于它真实记录了北宋以前中国古代的科技成就,这些成就直到今天仍令中国人自豪,令外国人赞叹。兹举数例。

印刷术,特别是活字印刷术是我国对世界文明的重大贡献之一,但在正史中却找不到关于它的记载,而《梦溪笔谈》中则有着翔实明确的记载,是关于这一发明的最早珍贵史料。沈括所总结的活字印刷术,比德国谷腾堡于1445年发明的金属活字印刷术要早四百多年。

在天文学方面,沈括依照观测所得结果,提出以节气来定月份的"十二气历",以立春为元旦,依此类推,大月三十一日,小月三十日,一大一小相间,把闰月完全去掉。沈括死后八百多年,英国气象局采用了和沈括"十二气历"大体相同的历法来进行农业气象统计。另外,沈括还改进了浑天仪等天文观察仪器,对日蚀、月蚀的成因和月的盈亏作了进一步说明。

在物理学方面,沈括对光学颇有贡献。他谈道:"阳燧照物皆倒,中间有碍故也。"这里讲到的"阳燧"就是一种凹面镜,表示用凹面镜照物体,所成的像都是倒立的。这是由于在物体和凹面镜之间存在着一个

"碍"的关系,这个"碍"就是我们现在讲的凹面镜的焦点。他还谈道:"阳燧面洼,向日照之,光皆聚向内。离镜一二寸,光聚为一点,大如麻菽,著物则火发。"这是对凹面镜向日取火实验的描述。千百年来人们对这个问题的认识,一直停留在感性阶段,沈括则不仅对现象做了一般描述,还讲清了它的原理,说明了光是直线传播的,解释了凹面镜的成像规律,是我国在光学方面的一个重要历史成就。

沈括对磁学也作了比较深入的研究,发现了地磁偏角的存在。在欧洲,直到1544年哈特曼才发现磁偏角。

除了记录科技成就,《梦溪笔谈》一书还记载了当时的一些社会现象,而这些现象所折射出的人生哲理,对当代人也有借鉴意义。试举两例。

北宋有个叫柳开的人,年轻时性格狂放、华而不实、爱慕虚荣。他参加科举考试时,为了显示自己的博学,把送给主考官作参考的文章装裱成一千多个卷轴。考试那天,他身穿短衣,亲自推着独轮车把这些卷轴送进考场,目的就是引起考官的注意,博取名声。和他同时应考的,还有个叫张景的书生,这人写文章很有名,但他只是随身带了一部书稿呈给了考官。考官仔细阅读了考生们的参考文章，认为柳开所呈的文章虽然多达千卷，但内容极其空洞，因此没有录取他；而张景的书稿则受到考官的赞赏，立即将其录为优等生。事后，人们编了一句俗语来评说这件事："柳开千轴，不如张景一书。"这个故事告诉我们：无论做人做事都要脚踏实地，凭真才实学，想靠炒作、玩花架子出人头地，最终只能留下千古笑柄。

宋代还有个叫李士衡的人，一次，他奉命出使高丽，随行的副手是一武官。高丽人送给李士衡和副手很多礼物，李士衡是个不重钱财的人，他将礼物全部交给副手经管。回来时，所乘船有点漏水，那个副手担心自己的礼物被水浸湿，便多了个心眼儿——在装船时，故意将李士衡的物品放在最底层，将自己的物品放在最上层。谁知船行到海中时，遇到了大风浪，船夫要求将船上的货物扔到海中以减轻船的重量，否则，船就可能翻了。于是，大家忙着往海里扔东西，扔到将近一半时，风平浪静了。副手一看，由于他的东西在最上面，几乎都被扔到海里了，李士衡的物品则完好无损。这个故事说明：做人心术要正，否则往往会贪小便宜而吃大亏。

经典诵读:《梦溪笔谈》选读

除拜官职谓除其旧籍,不然也。除,犹易也,以新易旧曰除,如新旧岁之交谓之"岁除",《易》:"除戎器,戒不虞。"以新易弊,所以备不虞也。阶谓之"除"者,自下而上,亦更易之义。(《梦溪笔谈卷四·辨证二》)

今人谓除拜官职的"除"是解除其原任职务的意思,不是这么回事。这个"除"犹如当交换讲的"易",以新易旧叫作"除",如新旧岁之交的那一天就称为"岁除"。《周易》上说:"除戎器,戒不虞。"意思是用新的兵器更换陈旧的兵器,以防备意外情况的发生。而台阶所以被称为"除",也是因为登台阶要自下而上,有更换的意思。

河中府鹳雀楼,三层,前瞻中条,下瞰大河。唐人留诗者甚多,唯李益、王之涣、畅诸三篇能状其景。李益诗曰:"鹳雀楼西百尺墙,汀洲云树共茫茫。汉家箫鼓随流水,魏国山河半夕阳。事去千年犹恨速,愁来一日即知长。风烟并在思归处,远目非春亦自伤。"王之涣诗曰："白日依山尽，黄河入海流。欲穷千里目，更上一层楼。"畅诸诗曰："迥临飞鸟上，高出世尘间，天势围平野，河流入断山。"（《梦溪笔谈卷十五·艺文二》）

河中府（治今山西永济蒲州镇）的三层鹳雀楼，前望中条山，下瞰黄河，唐人在此留诗的很多，而只有李益、王之涣、畅诸的三篇诗最能描绘出登楼的景象情怀。李益诗说："鹳雀楼西百尺墙，汀洲云树共茫茫。汉家箫鼓随流水，魏国山河半夕阳。事去千年犹恨速，愁来一日即知长。风烟并在思归处，远目非春亦自伤。"王之涣诗说："白日依山尽，黄河入海流。欲穷千里目，更上一层楼。"畅诸诗说："迥临飞鸟上，高出世尘间。天势围平野，河流入断山。"

古人铸鉴，鉴大则平，鉴小则凸。凡鉴洼则照人面大，凸则照人面小。小鉴不能全视人面，故令微凸，收人面令小，则鉴虽小而能全纳人面；仍复量鉴之小大，增损高下，常令人面与鉴大小相若，此工之巧智。后人不能造，比得古鉴，皆刮磨令平，此师旷所以伤知音也。（《梦溪笔谈卷十九·器用》）

古人制作铜镜时，镜面大就铸成平的，镜面小就铸成凸的。凡是镜面凹的，照出的人脸就大；镜面凸的，照出的人脸就小。小镜子不能把人的脸部照全，所以让镜面微微凸起，就可把人脸照得小一点儿，这样即使镜子很小也能把人脸全都照出来；制作时要反反复复测量镜面的大小，调整镜面的高低程度，做到人脸的大小与镜子照出的形象的大小相配，这是古代工匠的精巧与智慧。后代人做不出来，有人得到古人所铸的铜镜，都加以刮削打磨，把镜面弄平了，这就是师旷伤感知音难觅的原因。